ESTUDIOS SOCIALES DE HOUGHTON MIFFLIN

De radiante
mar a mar

Beverly J. Armento
Gary B. Nash
Christopher L. Salter
Karen K. Wixson

De radiante mar a mar

Houghton Mifflin Company • Boston

Atlanta • Dallas • Geneva, Illinois • Princeton, New Jersey • Palo Alto • Toronto

Consultants

Program Consultants

Edith M. Guyton
Associate Professor of Early
  Childhood Education
Georgia State University
Atlanta, Georgia

Gail Hobbs
Associate Professor of
  Geography
Pierce College
Woodland Hills, California

Charles Peters
Reading Consultant
Oakland Schools
Pontiac, Michigan

Cathy Riggs-Salter
Social Studies Consultant
Hartsburg, Missouri

George Paul Schneider
Associate Director of
  General Programs
Department of Museum
  Education
Art Institute of Chicago
Chicago, Illinois

Twyla Stewart
Center for Academic
  Interinstitutional Programs
University of California
  —Los Angeles
Los Angeles, California

Scott Waugh
Associate Professor of
  History
University of California
  —Los Angeles
Los Angeles, California

Consultants for the Spanish Edition

Gloria Contreras
Director, Multicultural Affairs
University of North Texas
Denton, Texas

Julian Nava
Professor of History
California State University
Northridge, California

Alfredo Schifini
Limited English
  Proficiency Consultant
Los Angeles, California

Bilingual Reviewers

Arturo G. Abarca (Grades 1, 2)
Heliotrope Elementary
Los Angeles, California

Beth Beavers (K)
Newton Razor Elementary
Denton, Texas

Carlos Byfield (Grades 1, 3)
Consultant in Bilingual
  Education, ESL
Escondido, California

Margarita Calderón
  (Grades 2, 6)
University of Texas at El Paso
El Paso, Texas

Adela Coronado-Greeley
  (Grade 3)
Inter-American Magnet
Chicago, Illinois

Eugenia DeHoogh (Grade 4)
Illinois Resource Center
Des Plaines, Illinois

Jose L. Galvan (Grade 5)
California State University
Los Angeles, California

María Casanova Hayman
  (Grade 6)
Rochester City School District
Rochester, New York

Robert L. Jones (Grade 4)
Escuela de Humanidades
  de la Universidad Autónoma
  de Baja California
Tijuana, Mexico

Maria L. Manzur (K)
Los Angeles
  Unified School District
Los Angeles, California

Edgar Miranda (Grade 5)
Rochester City School District
Rochester, New York

Teacher Reviewers

Luis A. Blanes (Grade 5)
Kosciuszko Elementary
Chicago, Illinois

Viola R. Gonzalez (Grade 5)
Ryan Elementary
Laredo, Texas

Eduardo Jiménez (Grade 6)
Lincoln Military Academy
  of Guaynabo
San Juan, Puerto Rico

Carmen Muñoz (Grade 2)
Carnahan Elementary
Pharr, Texas

Silvina Rubinstein (Grade 6)
Montebello Unified School
  District
Montebello, California

Janet Vargas (Grades 1–3)
Keen Elementary
Tucson, Arizona

Acknowledgments

Grateful acknowledgment is made for the use of the material listed below.

10–17 *Where the River Begins* by Thomas Locker. Copyright © 1984 by Thomas Locker. Translated and reprinted by permission of the publisher, Dial Books for Young Readers. **98** untitled Navajo poem, Copyright © 1978 by Richard Erdoes. Translated and reprinted by permission of Sterling Publishing Co., Inc., 387 Park Ave. S., New York, NY 10016

–Continued on page 254.

ISBN: 0-395-54725-3
BCDEFGHIJ-VH-998765432

Development by Ligature, Inc.

Carta de los autores

O lla Negra se lamió la grasa de búfalo de los labios y suspiró feliz. Miró a los otros indios cheyenne sentados alrededor de la fogata y supo que se sentían como él. No habían tenido nada en el estómago por mucho tiempo.

Así comienza la historia de Olla Negra, un niño cheyenne más o menos de tu edad. En el Capítulo 5 de este libro podrás leer más sobre Olla Negra y sobre los indios que seguían al búfalo.

Muchas de las personas que aparecen en este libro vivieron hace mucho tiempo en lugares que te pueden parecer muy lejanos. Pero todas ellas tenían sentimientos como los tuyos y tenían las mismas necesidades que tú tienes hoy en día.

Esperamos que te hagas muchas preguntas al leer sobre esas personas, lugares y hechos. Puedes preguntarte cómo eran las cosas hace tiempo, o cómo era la tierra: ¿Cómo era la vida en ese lugar? ¿Por qué escogieron ese lugar para vivir? También puedes preguntarte cómo vivían: ¿Cómo conseguían su alimento? ¿En qué tipo de casas vivían?

Sobre todo, esperamos que continúes haciéndote preguntas como éstas. Esperamos que te guste hacer preguntas y encontrar respuestas, ahora y en los próximos años.

Beverly J. Armento
Professor of Social Studies
Director, Center for Business and
Economic Education
Georgia State University

Christopher L. Salter
Professor and Chair
Department of Geography
University of Missouri

Gary B. Nash
Professor of History
University of California—Los Angeles

Karen K. Wixson
Associate Professor of Education
University of Michigan

Contenido

Destrezas

Cada sección de "Destrezas" te permite aprender y practicar una destreza.

Conceptos

Cada sección de "Conceptos" te da información sobre una idea que es importante para la lección que acabas de leer.

Decisiones

Gran parte de la historia se basa en decisiones que han tomado ciertas personas. Aquí ves cómo se toman decisiones. Luego practicas cómo tomar tus propias decisiones.

Explora

La historia del pasado se esconde en el mundo que te rodea. Las páginas de "Explora" te cuentan secretos para que descubras la historia.

Fuentes primarias

El leer las palabras exactas de las personas que vivieron hace mucho tiempo es una buena manera de aprender sobre ese tiempo.

Literatura

El leer estos cuentos y relatos te ayudará a conocer cómo era la vida en otros tiempos y lugares.

Visto de cerca

Fíjate bien en los objetos y dibujos de estas páginas. Imagínate que eres un detective y utiliza las pistas que veas.

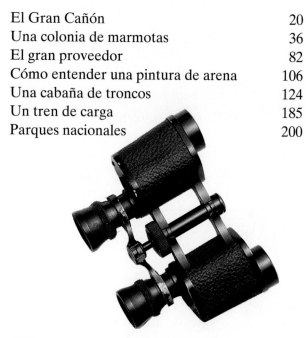

En ese momento

Puedes imaginarte que estás en ese lugar, en ese mismo momento. Vas a conocer algo o a alguien por las palabras y dibujos de estas páginas.

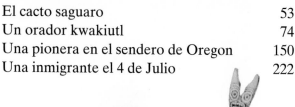

Cuadros, diagramas y líneas cronológicas

Estos dibujos te darán una idea más clara de las personas, los lugares y los hechos que estás estudiando.

Mapas

La tierra afecta de muchas maneras la manera en que pasan las cosas. Cada mapa de este libro te cuenta una historia de cosas que han pasado y de los lugares donde pasaron.

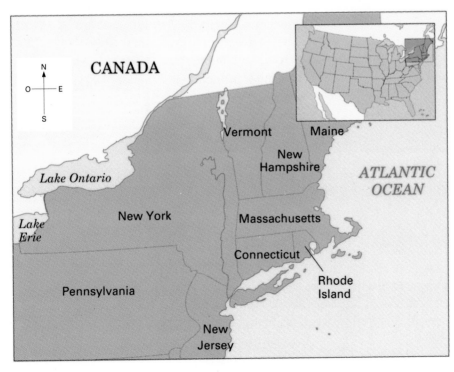

Para empezar

¿Qué tiene este libro que lo hace mucho más interesante que otros que has usado? Toma tu tiempo y fíjate en cada parte de tu libro.

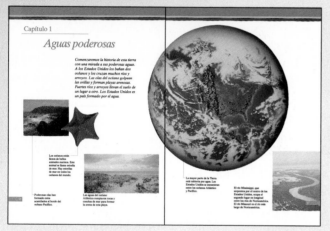

¿Cuándo y qué? Este número te dice qué lección estás leyendo. El título te dice de qué trata la lección.

De la unidad al capítulo y a la lección: las ilustraciones y las fotografías te muestran dónde pasaron los hechos que estás estudiando.

Desde el comienzo la lección te trae las vistas, los sonidos y los olores de la vida en otros tiempos y en otros lugares.

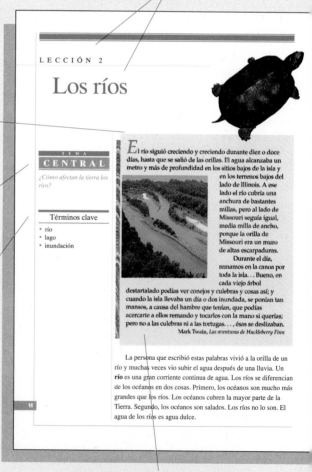

Como un letrero en un camino, la pregunta que aparece siempre aquí te dice en qué pensar mientras lees la lección.

Busca estos términos clave. Están aquí para que les prestes atención. La primera vez que aparecen en la lección se muestran en letras negras bien gruesas y definidas. La definición de los términos clave aparece en el glosario.

Cada época tiene sus grandes escritores. Cada capítulo tiene ejemplos de cuentos o relatos de esos tiempos.

Visto de cerca. En este caso vemos el Gran Cañón. Mira las capas y capas de roca que ha cortado el río. Traza la ruta del río en su camino hacia México.

En ese momento, ¿que ves? Aquí vemos un cacto del desierto de Arizona. Mira sus flores y los pájaros y conejos que vienen a visitarlo. Vas a aprender lo que le pasa al cacto después de una lluvia de primavera.

Cada mapa cuenta una historia. El mapa de esta página cuenta por dónde corre el río Hudson en el estado de New York y cómo es la tierra allí.

Para continuar

Mientras lees sobre tu mundo y sus habitantes, siempre desearás saber cómo conocerlos y recordarlos mejor. Este libro te da información que te sirve para aprender sobre las personas y los lugares, y para recordar lo que has aprendido.

Los títulos te dan los puntos principales de la lección. En esta página el título rojo te dice cómo los ríos dan forma a la tierra. En la página siguiente el título rojo te dice cómo los ríos inundan la tierra.

Las personas del pasado te hablan directamente en partes especiales del libro.

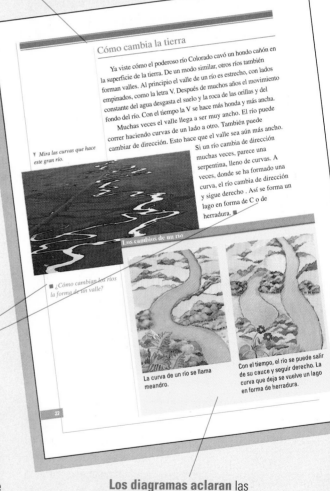

Tú decides lo que lees. ¿Ves el cuadradito rojo al final del texto? Ahora busca el cuadradito rojo en el margen. Si puedes responder a la pregunta, seguro que comprendiste lo que acabas de leer. Si no puedes, sería mejor que leyeras esa parte de la lección otra vez.

Los diagramas aclaran las cosas difíciles de entender. Estos diagramas muestran las curvas de un río en su recorrido hacia el mar.

Encontrarás dos párrafos especiales.
Uno, llamado "¿Cómo lo sabemos?", te
dice de dónde viene la información sobre
el pasado. Otro, llamado "En otros tiempos"
o "En otras partes", relaciona lo que estás
leyendo con cosas que pasaron en otro
tiempo o en otro lugar. (Mira la página 81
y verás un ejemplo.)

Algo que usarás siempre. Las
páginas de "Estudiemos" te ayudan a
aprender destrezas que usarás una y
otra vez. En esta página aprenderás a
hacer un resumen usando una lista de
las ideas principales de lo que has
leído.

Una ilustración vale por mil palabras.
Pero unas pocas palabras de explicación te
pueden ayudar a comprender mejor un
dibujo, un mapa o una foto.

**Hay páginas especiales de
"Estudiemos"** que examinan las
grandes ideas y las ponen en orden.
Estas páginas te explican cómo
usamos el agua, la tierra, los
árboles y otros recursos naturales.

...ones de la tierra

agua se desborda de las orillas y cubre tierra que
...te está seca, se produce una **inundación.** Una gran
...te causar una inundación. Otra causa podría ser nieve
...e se derrite muy rápido. El terreno que se llena de agua
...llanura de inundación.
...ayoría de las inundaciones son dañinas. Causan daños
...as y se llevan el suelo. Pero algunas ayudan. A veces
...ndación trae suelo nuevo al terreno inundado. El nuevo
...yuda a los cultivos a crecer. Los ríos se pueden llevar el
...por la erosión, pero también pueden formar nuevos
...s. ■

¿Cómo lo sabemos?

*Gran parte de Louisiana se
formó por la acción del río
Mississippi. Lo sabemos
porque el suelo de
Louisiana está compuesto
de arena, grava y barro de
río. Como el Mississippi
termina en Louisiana, allí
deja estos materiales antes
de desembocar en el
océano Atlántico.*

→ *Toda esta zona es una
llanura de inundación.
Puedes ver que la casa de la
granja casi quedó bajo el
agua. Muchas veces las
granjas se encuentran en
llanuras que se inundan
porque su suelo es muy fértil.*

*¿Cómo puede
beneficiarnos una
inundación?*

REPASO

1. **TEMA CENTRAL** ¿Cómo afectan la tierra los ríos?
2. **RELACIONA** ¿Qué diferencias hay entre
   océanos, ríos y lagos?
3. **RAZONAMIENTO CRÍTICO** Sabemos que los ríos
   se llevan el agua que la tierra no puede
   absorber. ¿Qué pasaría si no hubiera ríos
   que se llevaran el agua?
4. **ACTIVIDAD** Haz un viaje imaginario por un
   océano o río. Describe brevemente lo que
   ves, oyes y hueles. Compara lo que
   escribiste tú con lo que escribieron tus
   compañeros. ¿En qué se diferencian los
   viajes por el río y por el océano? ¿En qué
   se parecen?

23

Después de leer la lección,
para y repasa lo que has leído.
La pregunta y una actividad te
ayudarán a pensar en la lección.
Las preguntas del "Repaso del
capítulo" te ayudan a relacionar
las lecciones. (Mira las páginas
24 y 25 para que veas un ejemplo.)

También presentamos

Algunas páginas especiales aparecen sólo una vez en cada unidad y no en cada lección. En estas páginas se continúa con el mismo tema, pero te permiten explorar una idea o actividad, o leer sobre otro tiempo y lugar. El "Banco de datos" que aparece al final del libro tiene varias páginas que te servirán de ayuda una y otra vez.

¿Qué harías? Las páginas de "Decisiones" te muestran una decisión importante. Después tú practicas los pasos que te ayudarán a tomar una buena decisión.

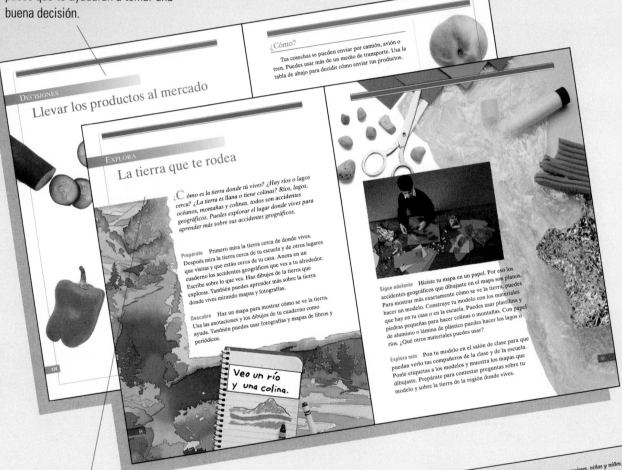

DECISIONES

Llevar los productos al mercado

EXPLORA

La tierra que te rodea

¿Cómo es la tierra donde tú vives? ¿Hay ríos o lagos cerca? ¿La tierra es llana o tiene colinas? Ríos, lagos, océanos, montañas y colinas, todos son accidentes geográficos. Puedes explorar el lugar donde vives para aprender más sobre sus accidentes geográficos.

Prepárate Primero mira la tierra cerca de donde vives. Después mira la tierra cerca de tu escuela y de otros lugares que visitas y que están cerca de tu casa. Anota en un cuaderno los accidentes geográficos que ves a tu alrededor. Escribe sobre lo que ves. Haz dibujos de la tierra que exploras. También puedes aprender más sobre la tierra donde vives mirando mapas y fotografías.

Descubre Haz un mapa para mostrar cómo se ve la tierra. Usa las anotaciones y los dibujos de tu cuaderno como ayuda. También puedes usar fotografías y mapas de libros y periódicos.

Veo un río y una colina.

¿Cómo?

Tus cosechas se pueden enviar por camión, avión o tren. Puedes usar más de un medio de transporte. Usa la tabla de abajo para decidir cómo enviar tus productos.

Sigue adelante Hiciste tu mapa en un papel. Por eso los accidentes geográficos que dibujaste en el mapa son planos. Para mostrar más exactamente cómo se ve la tierra, puedes hacer un modelo. Construye tu modelo con los materiales que hay en tu casa o en la escuela. Puedes usar plastilina y piedras pequeñas para hacer colinas o montañas. Con papel de aluminio o lámina de plástico puedes hacer los lagos o ríos. ¿Qué otros materiales puedes usar?

Explora más Pon tu modelo en el salón de clase para que puedan verlo tus compañeros de la clase y de la escuela. Ponle etiquetas a los modelos y muestra los mapas que dibujaste. Prepárate para contestar preguntas sobre tu modelo y sobre la tierra de la región donde vives.

La escuela no es el único lugar donde puedes aprender sobre los estudios sociales. Este tipo de página te permite explorar las personas y los lugares fuera del salón de clase: en tu hogar y en tu propio vecindario.

Los cuentos siempre han sido una parte importante en nuestras vidas. Todas las unidades del libro tienen por lo menos un cuento sobre el tiempo y el lugar que estás estudiando. Aquí aparece un cuento sobre una familia pionera en Kansas.

Hace muchos años, hombres y mujeres, niñas y niños, jóvenes y ancianos, salieron para el oeste a buscar nuevas tierras. Viajar no era fácil. Era difícil encontrar casas y alimento. Pero siempre encontraban ayuda. Lee este cuento sobre una familia pionera en Kansas.

LITERATURA

LA CARRETA

Cuento de Barbara Brenner
Dibujos de Don Bolognese

Capítulo 1—LA CUEVA

—Allí está, niños —dijo Papá—. Al otro lado del río está Nicodemus, Kansas. Allí vamos a construir nuestra casa. Aquí en el oeste hay tierra gratis para todos. Lo único que hay que hacer es ir y tomarla.

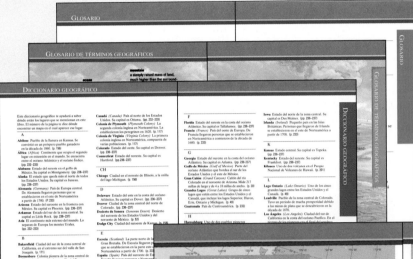

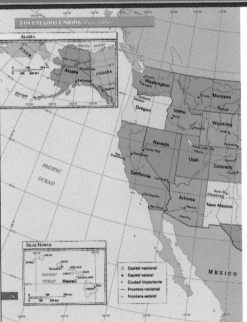

El **"Banco de datos"** es como la sección de consulta de una biblioteca al alcance de tu mano. Es el lugar donde puedes buscar más información sobre los lugares, las personas y los términos clave que encuentres en este libro.

El Atlas presenta los mapas de todo el mundo. Mapas grandes te muestran las partes de tu mundo y de tu país. Un mapa grande te muestra los accidentes geográficos de los Estados Unidos.

Unidad 1

Escucha a la tierra

Antes de que habitáramos la tierra, sólo los sonidos de la naturaleza se podían oír: el agua de la nieve derretida, al bajar de los picos de las montañas, y las voces de los alces en los bosques. Hoy, con el ruido de los automóviles y aviones es difícil oírlos, pero—si escuchas— todavía podrás oír los bellos sonidos de la tierra.

David Muench. Madriguera de castores. Parque Nacional Grand Teton, Wyoming.

Aguas poderosas

Comenzaremos la historia de esta tierra con una mirada a sus poderosas aguas. A los Estados Unidos los bañan dos océanos y los cruzan muchos ríos y arroyos. Las olas del océano golpean las orillas y forman playas arenosas. Fuertes ríos y arroyos llevan el suelo de un lugar a otro. Los Estados Unidos es un país formado por el agua.

Los océanos están llenos de bellos animales marinos. Este animal se llama estrella de mar. Hay estrellas de mar en todos los océanos del mundo.

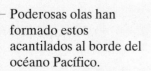

Poderosas olas han formado estos acantilados al borde del océano Pacífico.

Las aguas del océano Atlántico rompieron rocas y conchas de mar para formar la arena de esta playa.

La mayor parte de la Tierra
está cubierta por agua. Los
Estados Unidos se encuentran
entre los océanos Atlántico
y Pacífico.

El río Mississippi, que
serpentea por el centro de los
Estados Unidos, ocupa el
segundo lugar en longitud
entre los ríos de Norteamérica.
El río Missouri es el río más
largo de Norteamérica.

Arena y sal

TEMA
CENTRAL

¿Cómo cambian la tierra los océanos?

Términos clave

- océano
- costa
- erosión

El sol estaba caliente, pero Mateo no lo notó. Amontonó arena fresca y húmeda sobre su castillo. Las olas que rompían en la playa hacían tanto ruido que Mateo casi no podía oír los chillidos de las gaviotas. Mateo recogió más arena y se fijó en algo blanco, redondo y plano. Con cuidado le limpió la arena. Era la primera vez que Mateo encontraba un escudo de mar. Con mucho cuidado lo puso con las conchas que había recogido.

Mateo miró las olas que se acercaban hacia él. Se lamió los labios, que sabían a sal. Pronto las olas se llevarían su castillo de arena, pero a Mateo no le importó. Siempre tendría su escudo de mar como recuerdo del océano.

Los océanos Pacífico y Atlántico

Las olas que llegaban a los pies de Mateo en la playa, venían del océano Pacífico. Un **océano** es una gran extensión de agua salada. Los océanos cubren más de la mitad de la superficie de la Tierra. El océano Pacífico es el océano más grande. Bordea los Estados Unidos en el oeste. Hawaii está rodeado por el océano Pacífico.

Si Mateo pudiera ver a 3,000 millas a través de los Estados Unidos, ¡vería otro océano! Vería el océano Atlántico, el segundo en tamaño del mundo. Busca los océanos Atlántico y Pacífico en el globo terráqueo. ■

En otros tiempos

Muchos científicos creen que nuestro planeta fue, en un tiempo, un solo pedazo gigantesco de tierra y un solo océano gigantesco. Mira el mapa del mundo de las páginas 232 y 233. Imagínate que África y Suramérica son partes de un rompecabezas. Júntalas.

■ *¿Qué océanos bordean los Estados Unidos?*

Qué es la costa

Los océanos cambian la tierra constantemente. La tierra al borde de un océano se llama **costa.** Las olas del océano desgastan la costa como un raspador. Las olas que rompen en la orilla, trituran el suelo y la roca lentamente, y se los llevan. Este desgaste se llama **erosión.**

◄ *Grandes olas como éstas pueden cambiar la forma de la tierra.*

5

Las olas del océano son muy poderosas. En cientos de años pueden desgastar hasta las rocas más duras. En algunos lugares, las olas que rompen contra la costa desgastan la tierra y la convierten en grandes acantilados rocosos.

Cómo se forman los acantilados

1. Al principio, un acantilado es una colina. Después de muchos años, las olas debilitan la parte más baja de la colina.

2. Poco a poco, la tierra y la roca de esa parte comienzan a romperse en pedazos y a hundirse en el océano.

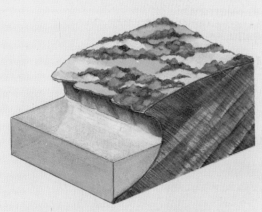

3. Ahora la parte de arriba de la colina está suspendida sobre el agua. Cuando se pone demasiado pesada, se desmorona y se cae.

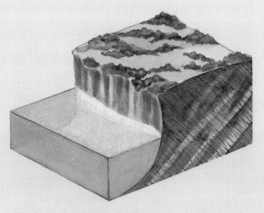

4. Finalmente, la ladera de la colina se ha convertido en un gran acantilado.

Las olas del océano no sólo causan erosión. También pueden formar nuevas playas. Cuando las olas suben a la costa, pueden dejar arena y barro. La arena y el barro se amontonan durante muchos años, y así se forman nuevas playas.

¿De dónde viene la arena? Puede sorprenderte saber que la arena de la playa primero fue rocas y conchas de mar. Las olas del mar golpean las rocas y conchas unas contra otras. Este constante golpear las rompe en pedacitos muy pequeños. Luego las olas llevan los pedacitos a la orilla.

No todas las playas son iguales. En algunos lugares las rocas se rompen en pedacitos y se vuelven arena. En otros lugares no se rompen en pedacitos pequeños. Es por eso que algunas playas son arenosas y otras son rocosas. ◼

◼ *¿Cómo se lleva el océano la tierra y la devuelve?*

◀ *En algunos lugares, las olas rompen las rocas en pedacitos pequeños y se forman playas arenosas. En otros lugares, los pedazos de roca son más grandes, como en la playa rocosa que ves arriba.*

REPASO

1. **TEMA CENTRAL** ¿Cómo cambian la tierra los océanos?
2. **RELACIONA** ¿Vives más cerca del océano Atlántico o del océano Pacífico?
3. **RAZONAMIENTO CRÍTICO** ¿Es un acantilado un buen lugar para hacer una casa? ¿Por qué?
4. **ACTIVIDAD** Haz un dibujo de cosas que se pueden hacer en una playa arenosa y un dibujo de cosas que se pueden hacer en una playa rocosa.

Usa una rosa de los vientos

¿Por qué?   Sabes que el océano Pacífico bordea los Estados Unidos en el oeste. El océano Atlántico está al este. El Canadá está al norte. México está al sur. Norte, sur, este y oeste son las direcciones principales, o puntos cardinales.

Supónte que quieres encontrar un lugar entre el norte y el este, o entre el este y el sur. Entonces necesitas las direcciones o puntos intermedios. Si sabes cómo usar direcciones o puntos intermedios, se te hará más fácil ubicar lugares en un mapa.

¿Cómo?   En muchos mapas hay una rosa de los vientos. Una rosa de los vientos muestra las direcciones, o puntos cardinales. Busca la rosa de los vientos en el mapa del tesoro de la próxima página. El norte está hacia arriba. El sur está hacia abajo. El este está a la derecha. ¿Dónde está el oeste?

Ahora busca el punto que está justo en la mitad entre el norte y el este de la rosa de los vientos. El noreste es el punto intermedio entre el norte y el este. Busca el punto que está justo a la mitad entre el sur y el este de la rosa de los vientos. Ese punto lleva las letras SE. ¿Qué significa SE? ¿Cuál es el punto intermedio el entre sur y el oeste? ¿Cuál es el punto intermedio entre el norte y el oeste?

Practica   Fíjate en el mapa del tesoro otra vez. Imagínate que estás buscando un tesoro escondido. Caminas hacia el norte por el sendero y doblas hacia el este.

Llegas a la choza, pero el tesoro no está ahí. Decides mirar debajo de la mesa. ¿En qué dirección está la mesa desde la choza? Quizás el tesoro está debajo del puente. ¿En qué dirección está el puente desde la mesa?

Aplícalo Ahora trabaja con un compañero de clase. Planea tu propia búsqueda del tesoro. Usa el mapa para decidir dónde vas a esconder tu tesoro. Dale a tu compañero un punto de partida y las indicaciones para encontrarlo. Cuando tu compañero haya encontrado el tesoro, será tu turno para buscarlo. Sigue las indicaciones de tu compañero hasta encontrar el tesoro.

Dos niños miraban el río y pensaban de dónde vendría. Se lo preguntaron a su abuelito, quien había vivido cerca del río toda su vida. Los tres salieron a buscar dónde nacía el río. Lee la historia de su viaje.

LITERATURA

DONDE NACE EL RÍO

**Cuento y dibujos de
Thomas Locker**

Había una vez dos niños llamados José y Ariel que vivían con su familia en una gran casa amarilla. Cerca de la casa corría un río que desembocaba serenamente en el mar. En los atardeceres de verano, a los niños les gustaba sentarse delante de la casa mirando el río a contar cuentos sobre él. "¿Dónde nacerá el río?", se preguntaban.

Al abuelito le encantaba el río, y había vivido cerca de él toda su vida. Quizás él lo sabía. Un día José y Ariel le preguntaron a su abuelito si podían salir de excursión para buscar dónde nacía del río. Cuando él aceptó, hicieron planes y comenzaron a prepararse.

Salieron temprano a la mañana siguiente.

Durante largo rato caminaron por una carretera conocida, dejando atrás dorados trigales y ovejas pastando al sol. Cerca se deslizaba el río, sereno, ancho y profundo.

Finalmente llegaron al pie de las montañas. Era el final del camino, y ahora el río sería su único guía. El río corría sobre las rocas y piedras y se hacía tan angosto que los niños y su abuelito podían saltar de una orilla a otra.

Al atardecer, mientras el sol aún calentaba, el río los condujo hacia un bosque oscuro. Allí encontraron un sitio para armar la tienda de campaña. Poco después, los niños se metieron en las frías aguas del río.

El primer largo día lejos de la casa había terminado. Esa noche se sentaron junto a una hoguera y el abuelito les contó historias. Mientras se dormían escuchaban los murmullos del bosque y el ruido del río los calmaba.

Pronto amaneció. El sol brillaba a través de una densa niebla. Los niños estaban ansiosos de seguir el viaje, pero como habían dormido en el suelo, el abuelito estaba un poco dolorido y se movía con lentitud.

El sendero que tomaron los llevó muy arriba del río. En una loma cubierta de hierbas, se pararon a contemplar los alrededores. La niebla de la mañana se había levantado y formaba blancas nubes en el cielo. A la distancia, el río serpenteaba lentamente. Era tan estrecho que parecía desaparecer. Se emocionaron, pues sabían que estaban cerca del final del viaje.

Sin decir una sola palabra los niños se echaron a correr. Siguieron el río por una hora o más hasta llegar a una tranquila laguna, en una pradera elevada. En este pequeño y quieto lugar nacía el río. Al fin, la búsqueda había terminado.

Cuando regresaban, de pronto el cielo se oscureció. Los truenos retumbaban y los relámpagos iluminaban el cielo. Armaron la tienda de campaña y entraron a gatas justo antes de que empezara la tormenta. La lluvia golpeó la pequeña tienda toda la noche, pero adentro ellos estaban calentitos y secos.

En la madrugada los despertó un ruido muy fuerte. El río había crecido con la tormenta y estaba inundando las orillas. Trataron de cortar camino a través de un campo, pero pronto el agua les llegó a los tobillos. El abuelito les explicó que el río se alimentaba del agua de las lluvias que caían en las montañas.

Llegaron al pie de las montañas bajo la suave luz del atardecer. Cuando vieron los acantilados a lo largo del río, los niños se dieron cuenta de que estaban cerca de su casa. Se les levantó el ánimo y comenzaron a caminar más rápidamente.

Al fin llegaron a su casa de la colina. Los niños se adelantaron corriendo para contarle a su mamá y a su papá sobre el lugar donde nace el río. Pero el abuelito se detuvo por un momento y, en la tenue luz, miró el río, que seguía corriendo como lo había hecho siempre, desembocando serenamente en el mar.

Los ríos

¿Cómo afectan la tierra los ríos?

Términos clave

- río
- lago
- inundación

*E*l río siguió creciendo y creciendo durante diez o doce días, hasta que se salió de las orillas. El agua alcanzaba un metro y más de profundidad en los sitios bajos de la isla y en los terrenos bajos del lado de lllinois. A ese lado el río cubría una anchura de bastantes millas, pero al lado de Missouri seguía igual, media milla de ancho, porque la orilla de Missouri era un muro de altas escarpaduras.

Durante el día, remamos en la canoa por toda la isla. . . Bueno, en cada viejo árbol destartalado podías ver conejos y culebras y cosas así; y cuando la isla llevaba un día o dos inundada, se ponían tan mansos, a causa del hambre que tenían, que podías acercarte a ellos remando y tocarlos con la mano si querías; pero no a las culebras ni a las tortugas. . . , ésas se deslizaban.

Mark Twain, *Las aventuras de Huckleberry Finn*

La persona que escribió estas palabras vivió a la orilla de un río y muchas veces vio subir el agua después de una lluvia. Un **río** es una gran corriente continua de agua. Los ríos se diferencian de los océanos en dos cosas. Primero, los océanos son mucho más grandes que los ríos. Los océanos cubren la mayor parte de la Tierra. Segundo, los océanos son salados. Los ríos no lo son. El agua de los ríos es agua dulce.

Un **lago** es una gran masa de agua rodeada de tierra. Como los ríos, los lagos son de agua dulce. Una diferencia entre ríos y lagos es que los ríos corren de un lugar a otro.

Movimiento constante

Los ríos nacen de distintas maneras. Algunos ríos nacen en lagos. Fíjate en el mapa. ¿Dónde nace el río Hudson? Otros ríos nacen de corrientes subterráneas. También se puede formar un río cuando llueve mucho o la nieve se derrite. Los ríos se llevan el agua que la tierra no puede absorber.

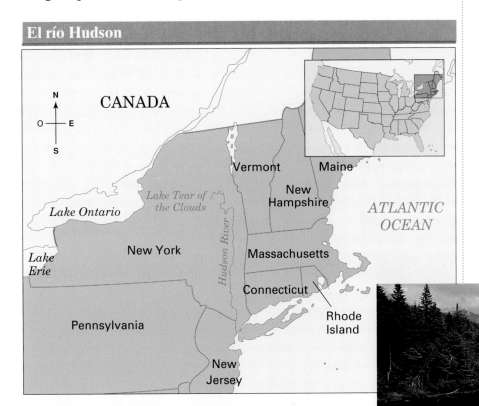

El río Hudson

CANADA

N
O — E
S

Lake Ontario

Lake Tear of the Clouds

Vermont

Maine

New Hampshire

Hudson River

ATLANTIC OCEAN

Lake Erie

New York

Massachusetts

Connecticut

Rhode Island

Pennsylvania

New Jersey

Una vez que nacen, los ríos siempre están en movimiento. La mayoría de los ríos desembocan en otra masa de agua. Algunos ríos desembocan en otros ríos. Algunos lo hacen en lagos u océanos. Otros pueden desaparecer bajo tierra.

Los ríos pueden ser anchos o estrechos. Pueden ser hondos o llanos. El agua de los ríos se mueve porque corre cuesta abajo. Si la tierra es plana, corre despacio; si es empinada, el agua corre con rapidez. El río Colorado corre rápido en algunas partes porque va cuesta abajo por terreno muy empinado. ∎

▲ *El río Hudson nace en el lago Tear-of-the-Clouds, que contiene agua del monte Marcy. ¿Dónde desemboca el río?*

∎ *¿Dónde nacen y dónde desembocan los ríos?*

19

El Gran Cañón

La fuerza de un río puede cambiar la tierra. El río Colorado ha formado un enorme cañón al abrirse paso a través de capas de rocas. Cada año, a lo largo de millones de años, el cañón se ha vuelto más hondo y más ancho.

Hace millones de años, el río arrastraba arena, grava. Estos materiales desgastaron muchas capas de roca.

Lo que fue una vez el lecho de un río es ahora el Gran Cañón. Al comienzo, el río Colorado corría sobre tierra plana. Hoy día mide una milla de profundidad y casi 20 millas de ancho en algunos lugares.

John Wesley Powell, que aparece a la derecha en la foto, exploró el Gran Cañón en barco en 1869. Pocos sabían de la belleza del cañón hasta que Powell contó lo que había visto en su viaje.

La ruta del río Colorado

Utah

Colorado River

Colorado

Nevada

Grand Canyon National Park

California

Arizona

New Mexico

MEXICO

Sigue la ruta del río Colorado. Nace en Colorado y corre por casi 1500 millas hasta México. La zona dorada de este mapa muestra el Parque Nacional del Gran Cañón. Millones de personas visitan este parque todos los años.

Se pueden encontrar fósiles en los surcos que el río Colorado ha abierto a través de las capas de roca. Los fósiles son los restos, o huellas, de plantas o animales del pasado. Éste es el fósil de un helecho que crecía en el cañón.

Cómo cambia la tierra

Ya viste cómo el poderoso río Colorado cavó un hondo cañón en la superficie de la tierra. De un modo similar, otros ríos también forman valles. Al principio el valle de un río es estrecho, con lados empinados, como la letra V. Después de muchos años el movimiento constante del agua desgasta el suelo y la roca de las orillas y del fondo del río. Con el tiempo la V se hace más honda y más ancha.

Muchas veces el valle llega a ser muy ancho. El río puede correr haciendo curvas de un lado a otro. También puede cambiar de dirección. Esto hace que el valle sea aún más ancho. Si un río cambia de dirección muchas veces, parece una serpentina, lleno de curvas. A veces, donde se ha formado una curva, el río cambia de dirección y sigue derecho . Así se forma un lago en forma de C o de herradura. ■

▼ Mira las curvas que hace este gran río.

■ ¿Cómo cambian los ríos la forma de un valle?

Los cambios de un río

La curva de un río se llama meandro.

Con el tiempo, el río se puede salir de su cauce y seguir derecho. La curva que deja se vuelve un lago en forma de herradura.

Inundaciones de la tierra

Cuando agua se desborda de las orillas y cubre tierra que normalmente está seca, se produce una **inundación.** Una gran lluvia puede causar una inundación. Otra causa podría ser nieve o hielo que se derrite muy rápido. El terreno que se llena de agua se llama llanura de inundación.

La mayoría de las inundaciones son dañinas. Causan daños a las casas y se llevan el suelo. Pero algunas ayudan. A veces una inundación trae suelo nuevo al terreno inundado. El nuevo suelo ayuda a los cultivos a crecer. Los ríos se pueden llevar el terreno por la erosión, pero también pueden formar nuevos terrenos. ■

¿Cómo lo sabemos?

Gran parte de Louisiana se formó por la acción del río Mississippi. Lo sabemos porque el suelo de Louisiana está compuesto de arena, grava y barro de río. Como el Mississippi termina en Louisiana, allí deja estos materiales antes de desembocar en el océano Atlántico.

◄ *Toda esta zona es una llanura de inundación. Puedes ver que la casa de la granja casi quedó bajo el agua. Muchas veces las granjas se encuentran en llanuras que se inundan porque su suelo es muy fértil.*

■ *¿Cómo puede beneficiarnos una inundación?*

R E P A S O

1. TEMA CENTRAL ¿Cómo afectan la tierra los ríos?
2. RELACIONA ¿Qué diferencias hay entre océanos, ríos y lagos?
3. RAZONAMIENTO CRÍTICO Sabemos que los ríos se llevan el agua que la tierra no puede absorber. ¿Qué pasaría si no hubiera ríos que se llevaran el agua?
4. ACTIVIDAD Haz un viaje imaginario por un océano o río. Describe brevemente lo que ves, oyes y hueles. Compara lo que escribiste tú con lo que escribieron tus compañeros. ¿En qué se diferencian los viajes por el río y por el océano? ¿En qué se parecen?

Repaso del capítulo

Repasa los términos clave

costa (pág.5)　　　lago (pág. 19)
erosión (pág. 5)　　océano (pág. 5)
inundación (pág. 23)　río (pág. 18)

A. Escribe el término clave para cada significado.

1. gran masa de agua rodeada de tierra
2. desgaste de la tierra
3. gran extensión de agua salada
4. tierra al borde de un océano

B. Escribe el término clave correcto para cada espacio en blanco numerado.

　　Durante sus vacaciones, Jack vio grandes olas de agua salada en el __1__. Su mamá le dijo que las olas causaban la __2__ de la tierra. Amy fue a un __3__, que es una gran masa de agua dulce. Allí nacía un __4__ que corría cuesta abajo. Un día una gran lluvia causó una __5__.

Explora los conceptos

A. Copia el cuadro de abajo. Escribe la información que falta en los dos espacios en blanco. En la segunda columna escribe el tipo de agua que tienen los ríos. En la última columna escribe el tamaño de los océanos. Tu cuadro mostrará dos diferencias entre los ríos y los océanos.

B. Escribe una o dos oraciones para responder a cada pregunta.

1. ¿Cómo ayudan las inundaciones y cómo hacen daño?
2. ¿Cómo se forman algunas playas?
3. Explica por qué el agua de algunos ríos corre despacio y la de otros corre rápido.

Extensiones de agua	Tipos de agua	Tamaño
Ríos		Más pequeños que los océanos
Océanos	Salada	

Repasa las destrezas

1. Busca a Denver, Colorado, en el mapa de las páginas 236 y 237. Imagínate que viajas hacia el noroeste de Denver al Canadá. Cuando estés cerca del Canadá, ¿en que estado estarás?

2. ¿En qué dirección intermedia viajas si vas de Atlanta, Georgia, a la costa de Maine?

3. ¿Qué estado está al lado y al este del estado de Mississippi? ¿Cuáles son los dos estados que están al lado y al oeste de Mississippi?

Usa tu razonamiento crítico

1. Ya sabes que los ríos cambian la tierra. ¿Cómo crees que el río Colorado seguirá cambiando el Gran Cañón?

2. Imagínate que viajas río abajo en un barco por un río muy largo. Recorres el río hasta el final. ¿Qué ves al llegar ahí?

Para ser buenos ciudadanos

1. **ACTIVIDAD ARTÍSTICA** Mira las fotos de ríos a la derecha. Luego lee otra vez la descripción del río que escribió Mark Twain y que leíste en la página 18. Haz un dibujo que muestre la escena que Mark Twain describió. Si quieres, colorea tu dibujo.

2. **TRABAJO EN EQUIPO** Trabaja con otra niña o con otro niño. Uno será el reportero de un periódico que le pregunta al otro sobre los efectos de una inundación. Luego cambien de papeles de manera que el que era reportero sea el que contesta a las preguntas ahora. Finalmente, escriban juntos un artículo de periódico sobre los efectos de la inundación. Asegúrense de incluir algunas de las respuestas de las entrevistas. Si pueden, lean su artículo a la clase.

Capítulo 2

El susurro de las hojas y la hierba

Nuestros ríos atraviesan una tierra enorme. No toda esa tierra es igual. Los ríos corren por terrenos cubiertos de árboles llamados bosques. También cruzan terrenos con hierbas llamados praderas. Los bosques y las praderas son muy diferentes unos de otros, y en ellos viven muchos animales.

Un gallo de artemisa se puede esconder de sus enemigos en las altas hierbas de una pradera.

En inglés, a esta hierba se le llama "*pata de pavo*" porque las hojas parecen patas de pavo o guajolote.

Los bosques crecen en gran parte del este del país. También crecen en muchas montañas y a lo largo de las costas del oeste. Las praderas cubren una gran parte del centro de nuestro país.

El color de esta zorra gris hace que sea difícil verla entre los colores verdes y café del bosque. Esto la ayuda a acercarse sin ser vista a los animales con que se alimenta.

Muchos de los árboles de este bosque son robles y arces. Los arces de azúcar crecen de semillas como las que ves en la parte de arriba de esta página.

Bosques maravillosos

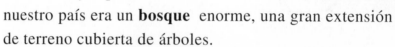

TEMA
CENTRAL

¿Por qué son importantes los bosques?

Téminos clave

- bosque
- humus

¡**I**magínate que puedes saltar, brincar o volar de un árbol a otro desde el océano Atlántico hasta el río Mississippi sin tocar nunca el suelo! Hace mucho tiempo, los árboles estaban tan cerca unos de otros que una ardilla podría haber hecho justamente eso. La mayor parte del este de nuestro país era un **bosque** enorme, una gran extensión de terreno cubierta de árboles.

Los bosques de los Estados Unidos

Ahora los bosques no cubren un área tan grande. Muchos de esos bosques desaparecieron hace más de 100 años. A medida que nuestro país crecía, la gente cortaba los árboles para dar lugar a tierras de labranza y ciudades. Hoy en día se plantan árboles para crear nuevos bosques y ayudar así a reemplazar algunos de aquéllos que cubrían casi todo el país.

En los Estados Unidos existen tres tipos de bosques. Uno tiene árboles que pierden sus hojas en el otoño. Otro tipo tiene árboles que permanecen verdes todo el año. El tercero es el bosque mixto, que tiene árboles que permanecen verdes y árboles que pierden sus hojas. ¿Qué tipos de árboles crecen en el lugar donde vives? ■

■ *¿Qué tipos de bosques crecen en los Estados Unidos?*

Tipos de bosques de los Estados Unidos

Verdes todo el año

Árboles mixtos

Árboles que pierden sus hojas

◄ *Aquí se muestran tres tipos de bosques en el otoño. Los árboles que siempre permanecen verdes se llaman árboles de hojas perennes. El bosque de la derecha es mixto. Los árboles que pierden las hojas tienen las ramas desnudas en el invierno.*

Los árboles y el suelo se necesitan entre sí

Los árboles son importantes porque ayudan a detener la erosión. Ya has visto cómo el agua de los océanos y ríos desgasta el suelo. También los vientos causan erosión.

Los árboles detienen la erosión de dos maneras. Primero, sus raíces, como pequeñísimos dedos, mantienen la tierra en su lugar. Cuando el viento sopla, los "dedos" sujetan la tierra e impiden que el viento se la lleve. Los árboles también detienen la erosión porque "alimentan" el suelo. Cuando un

¿Cómo lo sabemos?

Algunos árboles pueden llegar a tener miles de años. Fíjate en el tronco de un árbol cortado. Para saber cuántos años tenía el árbol, cuenta el número de anillos. Cada anillo representa un año.

29

El verde musgo de estos troncos muertos es un buen lugar para que vivan hongos e insectos.

Los hongos obtienen su alimento de las plantas muertas.
Los hongos ayudan a descomponer los árboles muertos y convertirlos en el humus que hace rico y sano al nuevo suelo.

■ *¿Cómo ayudan los árboles a la tierra?*

árbol muere, sus ramas, raíces y hojas se descomponen, o se pudren. Este material descompuesto se llama **humus**. El humus da el color oscuro al suelo. El humus produce un suelo rico y sano. Un suelo rico y sano retiene más agua. El viento no arrastra el suelo que retiene agua.

El suelo y el agua alimentan a los árboles y otras plantas. Cuando el suelo está bien alimentado, los árboles y plantas crecen sanos. Así, los árboles ayudan a la tierra y la tierra ayuda a los árboles. ■

Los árboles y los animales se necesitan entre sí

No sólo la tierra y los árboles dependen unos de otros. También las plantas y los animales de los bosques se necesitan entre sí. Los bosques dan alimento y refugio a muchos animales. Las ardillas y los pájaros viven en los árboles. Los insectos viven en la corteza. Muchos animales comen las semillas y nueces de los árboles. Los venados comen la corteza. Los insectos comen las hojas, la madera y las raíces.

A su vez, los animales ayudan a que haya

Los pájaros y las ardillas ayudan a formar los bosques. Al comer la frutilla este tordo tira las semillas en el suelo de donde brotarán nuevas plantas. Al enterrar una bellota y más tarde olvidarse de desenterrarla para el almuerzo, esta ardilla ayuda a sembrar un nuevo roble.

más árboles y plantas. ¿Cómo? Los árboles y las plantas nacen de semillas. Los pájaros dispersan las semillas de las que nacen nuevas plantas. Las ardillas entierran más nueces de las que pueden comer. Esas nueces enterradas pueden llegar a ser árboles.

Los animales benefician a los árboles de otra manera. Cuando mueren, sus cuerpos se pudren. Los cuerpos descompuestos se agregan al humus que alimenta a los árboles. Los bosques sirven de alimento a los animales y ellos, al morir, se convierten en el alimento de los árboles. Así la vida de los bosques puede seguir y seguir.

Así, los animales y las plantas del bosque dependen unos de otros de diversas maneras. Si se daña o destruye uno de ellos, otros seres también pueden sufrir. Si se cortan bosques enteros, los animales pueden perder sus viviendas y morir. La erosión se lleva el suelo y no pueden crecer nuevas plantas. Si aprendemos cómo los seres vivos dependen unos de otros, podemos ayudar a que la vida en los bosques continúe. ∎

■ *¿Cómo se benefician los árboles y animales entre sí?*

R E P A S O

1. **TEMA CENTRAL** ¿Por qué son importantes los bosques?
2. **RELACIONA** ¿Te gustaría más visitar un río o un bosque? ¿Por qué?
3. **RAZONAMIENTO CRÍTICO** ¿Cómo sería un bosque si no tuviera animales?
4. **ACTIVIDAD** Dibuja un bosque. En tu dibujo muestra cómo los árboles dan refugio y alimento a los animales.

Busca los detalles de apoyo

¿Por qué? Los escritores casi siempre escriben sobre una idea principal en cada párrafo. Otras oraciones dan detalles que apoyan o explican la idea principal. Si sabes cómo encontrar una idea principal y sus detalles de apoyo entenderás mejor lo que lees.

¿Cómo? Cuando leas un párrafo piensa en una tabla como la que ves abajo. El cuadro grande tiene la idea principal. Los más pequeños tienen los detalles. Lee este párrafo:

> El bosque es el hogar de muchos animales. Los pájaros hacen sus nidos en las ramas de los árboles. Los troncos huecos de los árboles son el hogar de mapaches y otros animales. Los venados duermen y se esconden entre los árboles de los bosques.

La idea principal del párrafo es: *El bosque es el hogar de muchos animales.* Las otras oraciones dicen cómo el bosque es el hogar de los animales. Dan detalles que apoyan la idea principal.

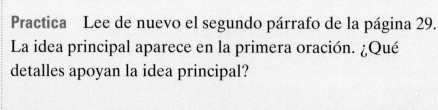

Idea principal: El bosque es el hogar de muchos animales.

Detalle: Los pájaros hacen sus nidos en las ramas de los árboles.	**Detalle:** Los troncos huecos de los árboles son el hogar de mapaches y otros animales.	**Detalle:** Los venados duermen y se esconden entre los árboles de los bosques.

Practica Lee de nuevo el segundo párrafo de la página 29. La idea principal aparece en la primera oración. ¿Qué detalles apoyan la idea principal?

Aplícalo Trabaja con otra niña o niño. Escriban un párrafo sobre los bosques o sobre los animales del bosque. Hagan una tabla de la idea principal y de los detalles.

Un mar de hierba

Imagínate que estás parado en un campo de hierba. La hierba se mueve con el viento, como las olas de un océano. La tierra se extiende tan lejos como tu mirada. De repente la tierra comienza a temblar. En la distancia la tierra se ve oscura y humeante. ¡Te parece que la tierra entera está en llamas! Un sonido retumbante se oye más y más fuerte. Ahora sabes que lo que ves no es el humo de un furioso incendio. Lo que ves son miles de búfalos que vienen corriendo hacia ti, golpeando el suelo con sus patas. Una gran nube de polvo oscurece el cielo por muchas millas a la redonda.

TEMA CENTRAL

¿En qué se diferencian las praderas de los bosques?

Términos clave

- pradera
- depredador

◄ Una manada de búfalos en el lecho del río Missouri, *pintura de William Jacob Hays, 1860.*

¿Qué es una pradera?

En otros tiempos

Hace doscientos años, millones de búfalos recorrían las praderas de los Estados Unidos. Más tarde, los cazadores los exterminaron a todos menos a unos 500. Ahora los búfalos viven en lugares donde están protegidos de los cazadores.

■ *¿Qué verías si estuvieras en una pradera?*

▼ *En esta pradera de Nebraska crece una hierba de casi dos pies de alto.*

Algunas personas que viajaban por los Estados Unidos hace muchos años, escribieron sobre estos animales. En el otoño, pequeños grupos o manadas de búfalos se juntaban y formaban enormes manadas. En el invierno, esas manadas recorrían las praderas hacia zonas más calientes, buscando comida. Una **pradera** es una superticie plana o con colinas cubierta de hierba.

Si estuvieras en el medio de una gran pradera, no verías nada más que hierba y cielo. En la distancia podrías divisar una suave colina. No verías muchos árboles.

La cantidad de lluvia que cae en las praderas afecta el tamaño de la hierba que crece allí. Las praderas del este reciben más lluvias que las del oeste. ¡Es por eso que en el este la hierba puede ser tan alta como una persona!

El suelo de las praderas es muy rico. El pasto y los cultivos agrícolas como el trigo y la avena crecen bien en este tipo de terreno. Debido a esto, muchas de las tierras de las praderas que se muestran en el mapa de la página 35 se usan para la crianza de animales y la producción de cultivos. ■

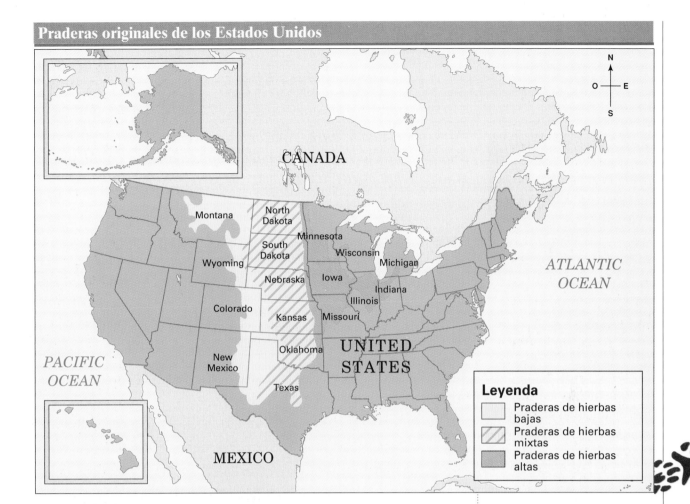

CANADA

Montana
North Dakota
Minnesota
South Dakota
Wisconsin
Michigan
Wyoming
Nebraska
Iowa
Indiana
Illinois
Colorado
Kansas
Missouri
Oklahoma
New Mexico
Texas

UNITED STATES

ATLANTIC OCEAN

PACIFIC OCEAN

MEXICO

Leyenda

Praderas de hierbas bajas

Praderas de hierbas mixtas

Praderas de hierbas altas

La vida en la pradera

Las praderas son el hogar de muchos animales. Los animales que viven en las praderas tienen su forma especial de protegerse de los animales depredadores. Un animal **depredador** es un animal que caza otros para alimentarse. Los animales de los bosques usan los árboles para protegerse de sus enemigos. Como en las praderas crecen pocos árboles, los animales tienen otras maneras de escapar de los animales depredadores.

Algunos animales, como el tejón y la marmota de la pradera, cavan cuevas para protegerse de los depredadores. Si se acerca un enemigo y no hay una cueva cerca, un tejón cavará una cueva rápido para esconderse. Las marmotas de la pradera roen la hierba alrededor de sus cuevas. Así pueden ver si se acerca un depredador.

◄ *Los tejones tienen grandes zarpas delanteras y uñas afiladas. ¿Para qué las usan en la pradera?*

35

Una colonia de marmotas

Si visitaras una llanura, ¿qué animales verías? Las marmatas de la viven en grandes grupos llamados colonias. Una colonia puede llegar a tener de 50 a 100 madrigueras.

¿Hierba de la pradera para el almuerzo?
¡Parece deliciosa! Esta marmota come hierbas, granos, pequeños insectos.

¡Un hogar significa estar juntos!
Aquí viven muchas marmotas. La entrada se llama montículo.

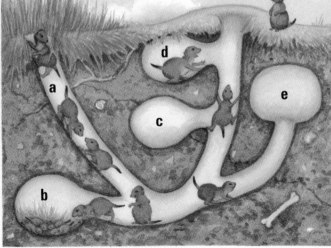

Visitemos una madriguera:
a. *salida de emergencia*—se usa para escapar de los depredadores
b. *dormitorio*—se usa para dormir o para el nacimiento
c. *baño*—se usa cuando hay mal tiempo
d. *cuarto de vigilancia*—se usa para oír si vienen animales depredadores
e. *cuarto seco*—se usa durante las inundaciones

36

◄ *Las largas patas de este antilocapra lo hacen uno de los animales más rápidos del mundo.*

▼ *El coyote puede dar saltos de 14 pies. ¿Qué ventaja le da esto como depredador?*

Los antílopes viven en manadas para protegerse de los animales depredadores. Cuando un depredador está cerca, los antílopes se avisan unos a otros. En las manadas también permanecen juntos porque al enemigo le es más difícil atacarlos en conjunto que atacar a un solo animal. Si un animal se separa de la manada, para escapar tiene que correr más de prisa que su enemigo. La rapidez ayuda a muchos animales a sobrevivir en la pradera.

¿Quiénes son esos enemigos? Los coyotes son unos de los depredadores más temibles. Los coyotes cazan de todo, desde la más pequeña marmota de la pradera hasta el antílope más grande. Además, los coyotes son muy rápidos. Pueden correr más de prisa que muchos animales pequeños y son muy buenos cazadores. Tienen que serlo. Después de todo, ellos también deben sobrevivir en el mar de hierba. ■

■ *¿Cómo se protegen los animales de la pradera de los depredadores?*

R E P A S O

1. **TEMA CENTRAL** ¿En qué se diferencian las praderas de los bosques?

2. **RELACIONA** ¿Cómo escapan los animales del bosque y de la pradera de los depredadores?

3. **RAZONAMIENTO CRÍTICO** Di en qué se parece la vida en una madriguera de marmotas de la pradera a la vida en un gran edificio de departamentos. ¿En qué se diferencian?

4. **ACTIVIDAD** Imagínate que eres un viajero del pasado y ves la pradera y sus animales por primera vez. Escribe un párrafo en tu diario para contar lo que ves.

Gráficas lineales y circulares

¿Por qué? ¿Has oído la expresión "un dibujo vale por mil palabras"? Las gráficas lineales son como dibujos de datos numéricos. Si aprendes a leer una gráfica lineal, sabrás los cambios que hubo en cierto tiempo.

Una gráfica circular compara cantidades. Si aprendes a leería, sabrás la diferencia que hay entre cantidades.

¿Cómo? Como ya sabes, las gráficas lineales se usan con números. Los puntos en una gráfica lineal representan números. Usamos gráficas lineales para ver la manera en que algo cambia. Fíjate en la gráfica lineal de abajo. Muestra la cantidad de lluvia que cayó en una pradera durante seis meses de un año.

Los números que ves a la izquierda de la gráfica lineal indican la cantidad de lluvia en pulgadas. En abril, el punto señala tres pulgadas de lluvia. El punto de mayo está a la altura de un número mayor. El punto de junio está

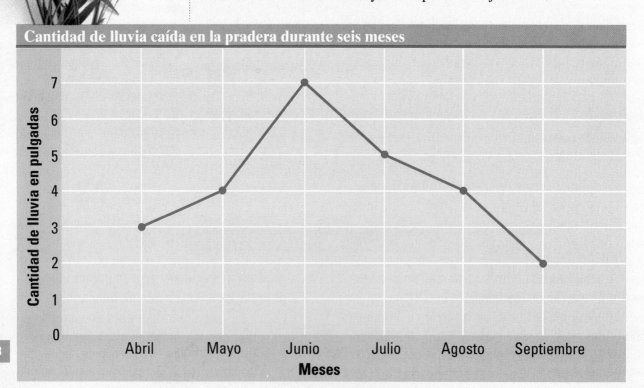

Cantidad de lluvia caída en la pradera durante seis meses

Cantidad de lluvia en pulgadas

Meses: Abril, Mayo, Junio, Julio, Agosto, Septiembre

todavía mucho más alto. Los puntos están conectados por líneas para mostrar los cambios en la cantidad de lluvia caída durante los seis meses. ¿En qué mes cayó más lluvia? ¿En qué mes cayó menos lluvia?

Las gráficas circulares muestran las partes de un todo. Ya conoces los diferentes tipos de bosques que crecen en el noreste de los Estados Unidos. La gráfica de esta página muestra la parte del noreste donde se encuentra cada tipo de bosque. La leyenda de la gráfica indica a qué corresponde cada color. ¿Qué color representa a los bosques mixtos? Puedes ver que la mayor parte de los bosques son mixtos porque ese color ocupa la parte más grande del círculo.

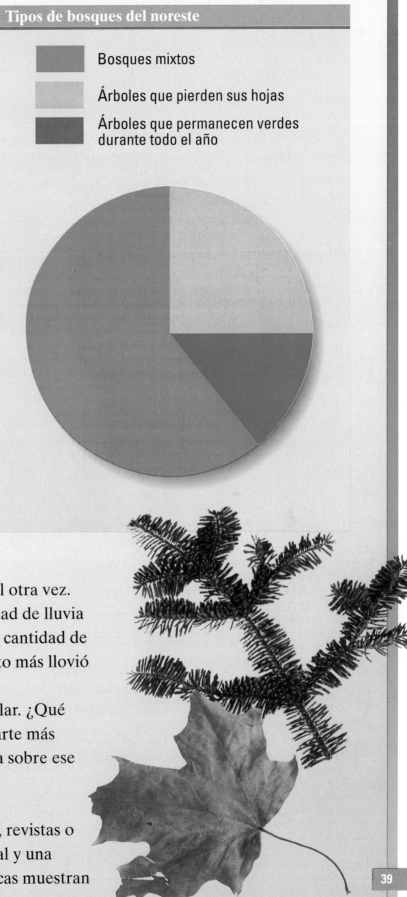

Tipos de bosques del noreste

Bosques mixtos

Árboles que pierden sus hojas

Árboles que permanecen verdes durante todo el año

Practica Fíjate en la gráfica lineal otra vez. ¿Cómo puedes encontrar la cantidad de lluvia que cayó en el mes de julio? ¿Qué cantidad de lluvia cayó en septiembre? ¿Cuánto más llovió en junio que en septiembre?

Ahora fíjate en la gráfica circular. ¿Qué tipo de bosque se muestra en la parte más pequeña? ¿Qué te indica la gráfica sobre ese tipo de bosque?

Aplícalo Busca gráficas en libros, revistas o periódicos. Busca una gráfica lineal y una gráfica circular. Di cómo esa gráficas muestran cambios o comparan cantidades.

39

Repaso del capítulo

Repasa los términos clave

bosque (pág. 28)   humus (pág. 30)
depredador (pág. 35)   pradera (pág. 34)

A. Escribe el término clave que complete mejor cada oración.

1. Una extensa superficie de tierra plana o con colinas y cubierta de hierbas se llama _____ .
2. Las ramas, raíces y hojas descompuestas de los árboles ayudan a formar _____.
3. Un _____ es un animal que caza a otros para alimentarse.

4. Una extensa superficie de tierra cubierta de árboles se llama _____.

B. Escribe *verdadero* o *falso* para cada oración de abajo. Si la oración es falsa escríbela de nuevo para que sea verdadera.

1. Todos los árboles pierden sus hojas en el otoño.
2. Casi todas las praderas de los Estados Unidos están cerca de la costa oeste.
3. Los cultivos crecen bien en las praderas.
4. Ahora hay más árboles en los bosques.

Explora los conceptos

A. La tabla de abajo muestra tres animales que viven en el bosque o la pradera. Copia la tabla en una hoja. Completa la segunda columna para mostrar dónde vive cada animal. Completa la tercera columna para mostrar lo que come cada uno.

B. Escribe una o dos oraciones para indicar por qué cada oración de abajo es verdadera.

1. Los animales de los bosques ayudan a los árboles y a otras plantas.
2. Los animales de las praderas escapan de los depredadores de diferentes maneras.

Animal	¿Dónde vive?	¿Qué come?
Ardilla		
Marmota de la pradera		
Coyote		

Repasa las destrezas

1. Escribe tres detalles que apoyen esta idea principal: *Muchos animales encuentran alimento en la pradera.*

2. La gráfica lineal muestra el número de personas que visitaron el Parque Nacional Grand Teton durante siete meses. ¿En qué mes hubo menos visitantes? ¿En qué mes hubo más?

3. Fíjate de nuevo en la gráfica circular de la página 39. ¿Cuántos tipos de bosques muestra la gráfica?

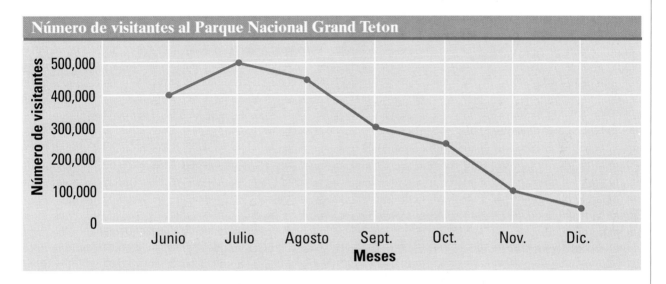

Número de visitantes al Parque Nacional Grand Teton

Usa tu razonamiento crítico

1. Si muchos de los bosques del este no hubieran sido cortados muchos años atrás, ¿cómo sería nuestro país ahora?

2. ¿Qué les pasa a los animales del bosque cuando se cortan o queman los árboles?

Para ser buenos ciudadanos

1. **ACTIVIDAD ARTÍSTICA** Muchos cultivos de granos, como el maíz y el trigo, se siembran en las praderas. Piensa en los tipos de alimentos que se hacen con el trigo. Dos ejemplos de ellos son los cereales del desayuno y el pan. Luego recorta ilustraciones de una revista. Úsalas para hacer un cartel y mostrar cómo se usa el trigo en los alimentos.

2. **TRABAJO EN EQUIPO** Hagan un libro para la clase sobre lo que hacen los animales en el invierno. Trabajen en grupos. Cada grupo escogerá un tipo de animal, como pájaros, osos, venados, zorros o conejos. Hagan dibujos y escriban un párrafo sobre lo que ese animal hace en el invierno. Pongan los trabajos de todos los grupos en el libro de la clase.

Capítulo 3

Picos y desiertos majestuosos

Gran parte de la tierra del oeste de los Estados Unidos es montaña o desierto. Los picos de las montañas pueden ser muy fríos, y los desiertos con frecuencia son calurosos. Los animales y las plantas de estos tipos de terreno deben adaptarse para sobrevivir.

Los cactos tienen espinas que los protegen de los animales que viven en el desierto. Sin ellas, los animales se los comerían por el agua que contienen.

Este vistoso lagarto es un monstruo de Gila. Se mantiene muy cómodo aun en el calor abrasador de un desierto de Arizona.

El carnero montés anda con facilidad por las rocas de las montañas.

Ésta es una de las montañas Sawtooth de Idaho. Pocas plantas crecen en la parte de arriba de este alto pico, pero más abajo puedes ver los bosques de hoja perenne.

43

Tocar las nubes

Términos clave

- montaña
- accidente geográfico
- temperatura
- límite forestal

Ana estaba al borde de un precipicio y contuvo el aliento. Ella se había dedicado al montañismo durante años, pero este deporte era nuevo para ella. Casi estaba lista. Pensó en lo que le había enseñado su instructor.

Un cabo de su cuerda estaba anclado firmemente en la montaña. Ana había atado el otro cabo a su cuerpo y ahora agarraba la cuerda con ambas manos. De espaldas retrocedió lentamente hasta el borde del precipicio, ¡y se lanzó en el espacio!

Bajó, bajó, bajó. El viento silbaba en sus oídos. Con sus manos soltó más y más cuerda. Sus pies hacían contacto con la roca del precipicio una y otra vez. Ana estaba descendiendo de este modo por primera vez, ¡y le encantaba!

➤ *Éstas son las bellas montañas Teton de Wyoming. Busca el pico más alto. Se llama Grand Teton.*

La altura es importante

El montañismo, como el descenso rápido, tiene sus momentos emocionantes. Subir a la cumbre de una montaña es difícil. Y no sin motivo. Una **montaña** es más alta que una colina y mucho más alta que el terreno a su alrededor. Este **accidente geográfico**, o parte natural de la superficie de la Tierra, es fácil de ver. Una montaña tiene laderas escarpadas y una cumbre aguda o redondeada.

El aire es más frío en los lugares altos que en los bajos. En las cumbres de las montañas altas la temperatura es muy fría. La **temperatura** del aire es el calor o el frío que hace.

¿Qué efecto tiene este aire más frío en la vida de las plantas de las montañas? Pocas plantas pueden crecer en las partes más elevadas de las montañas altas. Las plantas que viven allí tienen que ser muy fuertes. Deben poder crecer en aire muy frío y con viento.

Diferentes tipos de plantas crecen a distintas alturas. Los robles y los álamos temblones crecen en las partes bajas de una montaña. Sólo los árboles más fuertes, como los pinos "bristlecone," crecen a niveles más altos. En los picos altos, ningún árbol puede crecer. La altura más allá de la cual los árboles no pueden crecer se llama **límite forestal.** Sólo unas pocas plantas pueden crecer más arriba del límite forestal. Las aguileñas y el musgo "campion" son flores que pueden crecer en ese frío.

▼ *El cuadro de abajo muestra dos tipos de pequeñas flores y dos tipos de árboles que pueden crecer a distintas alturas en una montaña. Las flores silvestres son muy pequeñas para que se puedan ver desde lejos.*

Las plantas de una montaña

Aguileña

Musgo "campion"

Límite forestal

Pino "bristlecone"

Álamo temblón

45

Debido a las bajas temperaturas, muy pocos animales viven más arriba del límite forestal. Algunos, como los carneros monteses, viven allí al final de la primavera y en el verano. Cuando llega el otoño, estos carneros bajan de la montaña donde las altas nieves no cubren las hierbas que ellos comen.

Para estos carneros es muy fácil subir y bajar las montañas. Pueden saltar y subir rápidamente, aun en los lugares más escarpados. Por esta razón, los carneros monteses se pueden escapar de los depredadores en las laderas rocosas. ■

➤ "Carnero montés" es un buen nombre para estos animales porque viven en las montañas. Sus cuernos a veces miden más de cuatro pies.

■ ¿Qué efecto tiene la altura en la vida de las plantas y animales de una montaña?

Una fuerza poderosa

Las montañas afectan no sólo a las plantas y animales que las habitan. Las montañas son una fuerza poderosa que puede cambiar el tiempo que hace a gran distancia.

En los Estados Unidos, las nubes van del oeste al este. Tienen que elevarse para pasar sobre las montañas. Cuando las nubes comienzan a elevarse, el aire húmedo se enfría. El aire frío no puede conservar tanta agua como el aire cliente. Por eso, el agua que hay en las nubes cae en la forma de lluvia o nieve.

Cómo las montañas afectan el tiempo que hace

oeste

este

◄ ¿Cómo crees que la diferencia en la cantidad de lluvia que cae al este y al oeste de una montaña afecta la vida de las plantas a cada lado?

Cuando las nubes están sobre las montañas, dejan caer más agua. Antes de que las nubes se hayan movido más hacia el este, ya han perdido casi toda su agua. Por lo tanto, más lluvia cae sobre la tierra al oeste de las montañas que al este.

De la misma manera, las montañas generalmente protegen la tierra que está al este y no dejan que le lleguen vientos fuertes y tormentas de nieve. Estas tormentas se desplazan del oeste hacia el este, igual que las nubes de lluvia. Las laderas al oeste de las montañas reciben la mayoría de las tormentas, mientras que la tierra al este de las montañas está protegida. ■

■ ¿Qué efecto tiene una montaña en el tiempo que hace a su alrededor?

R E P A S O

1. **TEMA CENTRAL** ¿Qué efecto tienen las montañas en la tierra que las rodea?
2. **RELACIONA** ¿Qué efecto tiene en algunos ríos la nieve que se derrite de las montañas?
3. **RAZONAMIENTO CRÍTICO** ¿Qué diferencia hay en la vida de las plantas y los animales en las partes más altas de las montañas en el verano y en el invierno?
4. **REDACCIÓN** Decide si prefieres vivir al este o al oeste de una montaña. Escribe un párrafo explicando por qué.

Interpreta un mapa físico

¿Por qué?   Sabes que las montañas son uno de los accidentes geográficos de la superficie de la Tierra. Las montañas y otros accidentes geográficos se pueden mostrar en un mapa físico. Hay muchos tipos de mapas físicos. Unos muestran las tierras bajas, las tierras altas y las montañas. Las tierras bajas son grandes extensiones de tierra que están casi al mismo nivel del mar. Las tierras altas están por sobre el nivel del mar. Los mapas físicos también muestran océanos, lagos y ríos.

Tierra sobre el nivel del mar

Tierras altas

Tierras bajas

Nivel del mar

¿Cómo?   Los mapas físicos utilizan colores diferentes para representar cosas distintas. El azul representa el agua. El verde representa las tierras bajas. La leyenda del mapa muestra lo que cada color representa en el mapa.

Mira la leyenda del mapa físico de la página 49. Fíjate en los colores y en lo que ellos representan. ¿Qué representa el amarillo? ¿Qué representa el color café?

Ahora fíjate en el mapa. Busca el lago Ontario. ¿Cómo muestra el mapa que el lago Ontario es una masa de agua? El mapa también muestra dos ríos. Traza el curso del río Mississippi con el dedo. Este río nace en un estado del norte y desemboca en el golfo de México.

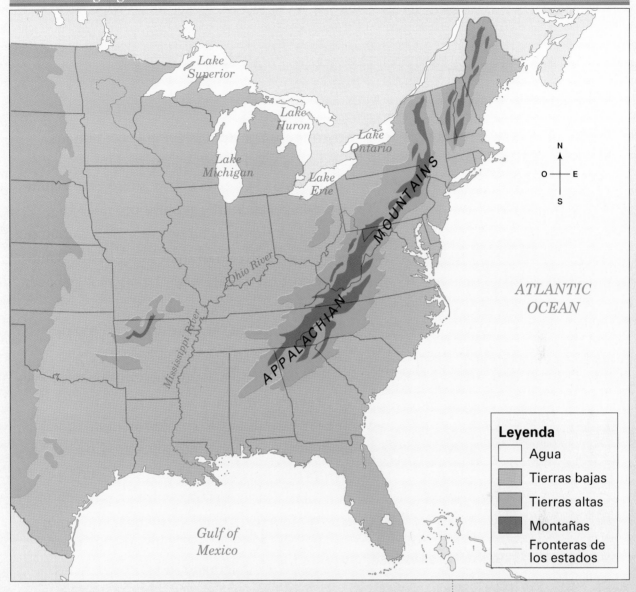

El mapa muestra una larga cadena de montañas que atraviesa los estados del este de nuestro país. ¿Puedes nombrar alguno de estos estados montañosos?

Practica   Trabaja con otra niña o niño. Háganse preguntas sobre el mapa físico de esta página. Por ejemplo: ¿cuál de los lagos que ven en el mapa es el más grande?

Aplícalo   Mira el mapa físico de los Estados Unidos en el Atlas de las páginas 238 y 239. ¿Cómo se muestran las montañas en el mapa? Nombra dos ríos que desembocan en el río Mississippi. ¿Qué accidentes físicos hay en el estado de Alaska o cerca de él?

Los lugares donde vivimos

Has aprendido que los accidentes geográficos son las partes naturales de la superficie de la Tierra. Hay accidentes geográficos de la tierra, como, por ejemplo, una montaña. También hay accidentes geográficos del agua, como, por ejemplo, un océano. Una ciudad no es un accidente geográfico porque no es una parte natural de la Tierra. Las personas hacen las ciudades. En las páginas 244 y 245 del "Banco de datos" se muestra el dibujo de muchos accidentes geográficos.

St. Louis, Missouri

Los accidentes geográficos influyen mucho en la selección de un lugar para vivir y en nuestra manera de vivir. Por ejemplo, muchas ciudades crecieron junto a un río. Los ríos siempre se han usado para transportar personas y las cosas que cultivan o hacen. Busca algunas ciudades situadas junto a un río en el mapa de los Estados Unidos de las páginas 236 y 237 del Atlas.

Otras ciudades crecieron en las costas de los océanos. Muchas veces esas ciudades comenzaron cerca de un puerto natural, que es una parte del océano parcialmente rodeada de tierra. El puerto es un lugar seguro para los barcos. Busca algunas ciudades situadas en la costa en el mapa de los Estados Unidos de las páginas 236 y 237.

Boston, Massachusetts

Los accidentes geográficos afectan nuestra vida: lo que hacemos, cómo vivimos y lo que comemos.

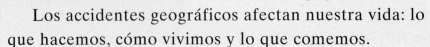

Un lugar seco

Carolina apretó la nariz contra el cristal. Desde adentro de su vitrina, el animal le devolvió la mirada. Tenía el cuerpo cubierto de pequeñas escamas y una cola larga y fina.

—¡Uy! —dijo Carolina—. Miren este animal tan extraño. Quizás venga de otro planeta.

—No, Carolina, —dijo la Sra. Reyes sonriendo—. No viene de otro planeta. Es un animal que se llama iguana.

—¿Por qué tiene los dedos tan largos? —quiso saber Tony.

—Para ayudarle a caminar, —dijo la Sra. Reyes—. Viene de un lugar muy seco y arenoso. Cuando camina, la iguana extiende sus largos dedos. Esto la ayuda a mantenerse sobre la arena, en vez de hundirse en ella.

—¿Seguro que es una iguana? —preguntó Carolina—. ¡A mí todavía me parece que es un ser de otro planeta!

TEMA
CENTRAL

¿Cómo se adaptan las plantas y los animales a la vida en el desierto?

Términos clave

- desierto
- clima

El desierto

Un **desierto** es un lugar donde llueve poco y sólo crecen algunas clases de plantas. La iguana de Carolina, como la que se muestra aquí, puede encontrarse en los desiertos del suroeste de los Estados Unidos, en los estados de Arizona, Texas, New Mexico, California, Nevada, Utah y Colorado. Busca el desierto en el mapa de la página 52.

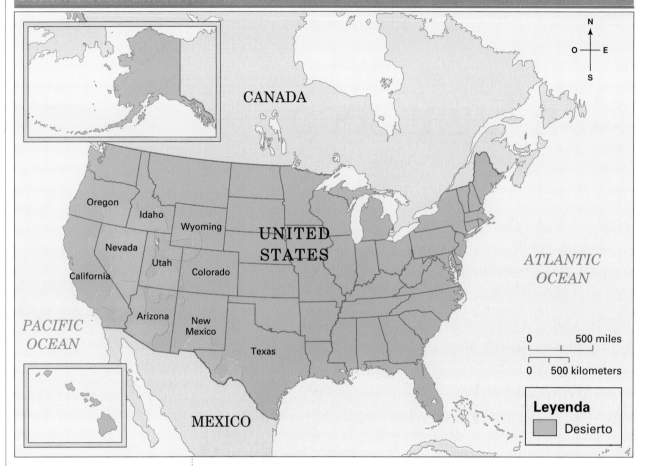

N
O   E
S

CANADA

Oregon
Idaho
Wyoming
Nevada
Utah
California
Colorado
Arizona
New Mexico
Texas

UNITED STATES

ATLANTIC OCEAN

PACIFIC OCEAN

MEXICO

| 0 | 500 miles |
| 0 | 500 kilometers |

Leyenda
Desierto

La mayoría de los desiertos son muy calientes, pero no todos son iguales. Algunos desiertos son calientes durante el día pero frescos por la noche. Muchos desiertos son calientes en verano y fríos en invierno. Las temperaturas calientes y los cambios de calores extremos a fríos extremos hacen la vida en los desiertos difícil para las plantas.

La temperatura no es el único problema que las plantas tienen para vivir en el desierto. En el desierto llueve muy poco, por eso el suelo es muy seco. Además, es rocoso o arenoso. Muchas plantas no crecen bien en ese tipo de suelo. Y como no hay muchas plantas en el desierto, se forma poco humus. El humus ayuda a que el suelo retenga agua. El suelo arenoso del desierto se seca rápidamente aun después de una fuerte lluvia.

Aunque el desierto es caliente y seco y su suelo es pobre, algunas plantas crecen bien en él. En la página siguiente podrás ver cómo el cacto saguaro vive en el desierto. ■

▲ *¿En qué se diferencia este desierto de una llanura?*

52

■ *¿Por qué muchas plantas no crecen en el desierto?*

El cacto saguaro

*10:32 A.M., 5 de mayo de 1991
Después de una lluvia de
primavera en el desierto
de Sonora en Arizona*

Flores

Las gotas de lluvia
brillan en estas flores
que abrieron durante
las frescas horas de
la noche. Las flores se
cerrarán otra vez
antes de que el calor
de la tarde llegue a
los 110°F.

Brazo

Las agudas espinas
que cubren los brazos
indican que este cacto
es muy viejo. A un
saguaro no le crecen
brazos hasta que tiene
por lo menos 75 años.
Algunos saguaros
viven hasta 250 años.
Pueden llegar a tener
hasta 50 pies de altura
y hasta 50 brazos.

Tronco

El tronco de este cacto
tiene el doble de su tamaño
normal debido a los cientos
de galones de agua de
lluvia que ha almacenado.
Las raíces del saguaro
absorben rápidamente el
agua de las arenas del
desierto.

Búho enano

El sonido de la lluvia
despertó a este
pequeño búho. Durante
el día el búho duerme en
este agujero que hizo un
pájaro carpintero hace
muchos meses. De
noche deja el nido para
cazar.

Pájaro carpintero

Un fuerte toc, toc, toc,
llena el aire del
desierto cuando el
pájaro carpintero abre
un agujero en el
tronco del cacto. Hoy
encontrará agua allí.
Más adelante otro
pájaro hará su nido en
este agujero.

Liebre grande

Después de comer
tiernos brotes de cacto
temprano en la mañana,
esta liebre saltó a la
fresca sombra del
saguaro. Allí puede
protegerse del fuerte sol
hasta el fin de la tarde.

▲ El desierto que ves arriba está lleno de diferentes tipos de cactos. ¿Puedes encontrar el saguaro?

▼ La artemisa cubre el desierto que ves abajo. Al igual que el cacto, la artemisa crece bien en suelo seco.

La vida en el desierto

El clima seco del desierto presenta problemas para los seres vivos. El **clima** es el tiempo usual de un lugar. ¿Cómo viven las plantas y los animales en un clima tan seco?

El cacto tiene una manera especial de sobrevivir en el desierto. Sus largas raíces se extienden a su alrededor pero no penetran a mucha profundidad en el suelo. Cuando llueve, un cacto usa sus raíces para absorber agua en su tronco. El cacto guarda el agua para usarla durante el tiempo seco.

Los animales tienen sus propias maneras de sobrevivir en el desierto. Muchos animales obtienen agua de sus alimentos. Por ejemplo, la pequeña rata canguro obtiene gran parte de su agua de las semillas que come. La carne también contiene agua, por eso los animales depredadores obtienen agua de los animales que comen.

Los animales también deben encontrar una manera de sobrevivir en el calor del desierto. Las ratas canguro cavan madrigueras. Es mucho más fresco bajo tierra que en la superficie. Esos animales viven en sus madrigueras durante el día. De noche, cuando refresca, salen a buscar alimentos.

Esta rata canguro nunca necesita beber agua. Ella obtiene agua de las semillas que come.

Otros animales encuentran otras maneras de sobrevivir. Una iguana se arrastra hasta la sombra de una roca cuando hace

mucho calor. Después de refrescarse, la iguana cubre su cuerpo con arena. Sólo la cabeza le queda afuera. Durante el calor del día, las serpientes permanecen en cuevas o a la sombra de las rocas y los arbustos. De noche salen a buscar sus alimentos.

◄ La serpiente de cascabel recibe su nombre del cascabel que tiene en el extremo de la cola. Cuando muerde, inyecta su veneno con sus largos colmillos.

La vida en el desierto no es fácil para las plantas ni para los animales. Sin embargo, el desierto está lleno de vida, porque ellos han encontrado maneras de sobrevivir. ■

■ *¿Por qué es difícil la vida en el desierto?*

R E P A S O

1. **TEMA CENTRAL** ¿Cómo se adaptan las plantas y los animales a la vida en el desierto?
2. **RELACIONA** ¿En qué se diferencian el suelo del desierto, el del bosque y el de la pradera?
3. **RAZONAMIENTO CRÍTICO** En qué se diferencian la vida en el desierto durante el día y la

vida en el desierto durante la noche?
4. **REDACCIÓN** Imagínate que una amiga o un amigo tuyo piensa que nada crece en los desiertos. Escribe un párrafo para explicar por qué el desierto está lleno de vida.

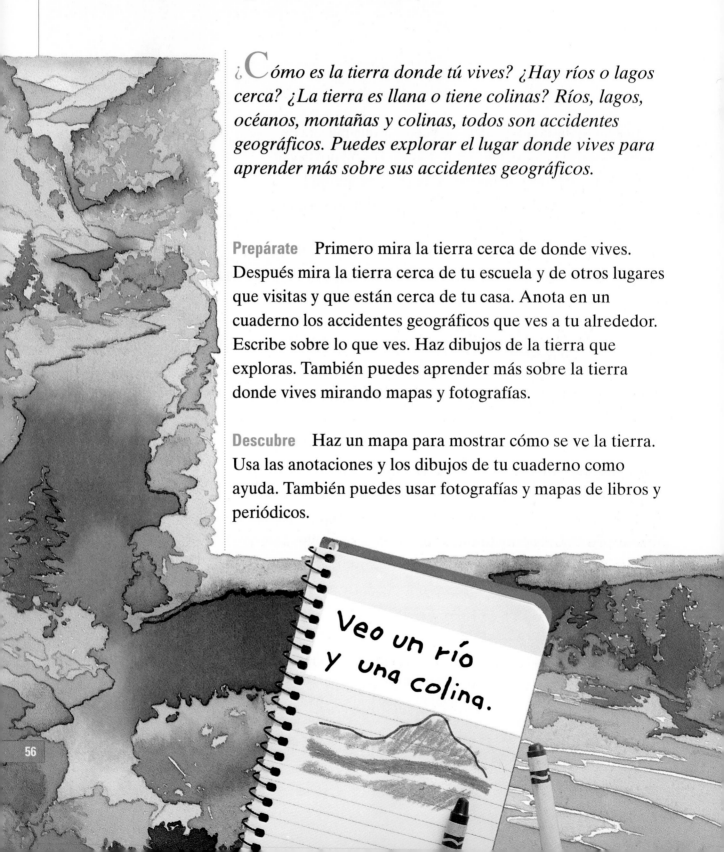

La tierra que te rodea

¿Cómo es la tierra donde tú vives? ¿Hay ríos o lagos cerca? ¿La tierra es llana o tiene colinas? Ríos, lagos, océanos, montañas y colinas, todos son accidentes geográficos. Puedes explorar el lugar donde vives para aprender más sobre sus accidentes geográficos.

Prepárate   Primero mira la tierra cerca de donde vives. Después mira la tierra cerca de tu escuela y de otros lugares que visitas y que están cerca de tu casa. Anota en un cuaderno los accidentes geográficos que ves a tu alrededor. Escribe sobre lo que ves. Haz dibujos de la tierra que exploras. También puedes aprender más sobre la tierra donde vives mirando mapas y fotografías.

Descubre   Haz un mapa para mostrar cómo se ve la tierra. Usa las anotaciones y los dibujos de tu cuaderno como ayuda. También puedes usar fotografías y mapas de libros y periódicos.

Veo un río y una colina.

Sigue adelante Hiciste tu mapa en un papel. Por eso los accidentes geográficos que dibujaste en el mapa son planos. Para mostrar más exactamente cómo se ve la tierra, puedes hacer un modelo. Construye tu modelo con los materiales que hay en tu casa o en la escuela. Puedes usar plastilina y piedras pequeñas para hacer colinas o montañas. Con papel de aluminio o lámina de plástico puedes hacer los lagos o ríos. ¿Qué otros materiales puedes usar?

Explora más Pon tu modelo en el salón de clase para que puedan verlo tus compañeros de la clase y de la escuela. Ponle etiquetas a los modelos y muestra los mapas que dibujaste. Prepárate para contestar preguntas sobre tu modelo y sobre la tierra de la región donde vives.

Repaso del capítulo

Repasa los términos clave

accidente geográfico (pág. 45)
clima (pág. 54)
desierto (pág. 51)
límite forestal (pág. 45)
montaña (pág. 45)
temperatura (pág. 45)

A. Escribe el término clave para cada significado.

1. lo frío o lo caliente que está algo
2. altura más allá de la cual no crecen los árboles
3. el tiempo usual de un lugar
4. un accidente de la tierra que tiene laderas escarpadas y una cumbre
5. una parte natural de la superficie de la Tierra
6. un lugar donde llueve muy poco

B. Escribe una oración completa para contestar cada pregunta.

1. ¿Cómo pueden los carneros monteses vivir tan bien en las montañas?
2. ¿Cuáles son algunos de los accidentes geográficos donde vives?
3. ¿Qué tipos de plantas crecen por encima del límite forestal?
4. ¿Cómo es el clima donde vives?

Explora los conceptos

A. La tabla que ves a la derecha nombra una planta y tres animales que viven en el desierto. Copia la tabla y completa la segunda columna. Tu tabla mostrará lo que la planta y los animales hacen para sobrevivir en el desierto.

B. Escribe una o dos oraciones para responder a cada pregunta.

1. ¿Cómo afectan las montañas altas la tierra que está al este de ellas?
2. ¿Por qué el suelo del desierto no retiene bien el agua de lluvia?

Planta o animal	Cómo vive en el desierto
Cacto	
Rata canguro	
Iguana	
Búho enano	

Repasa las destrezas

1. Copia el mapa de Wyoming de abajo. Dibuja las montañas, los lagos y los ríos. Haz una leyenda para los accidentes geográficos de tu mapa. Usa el mapa de las páginas 238 y 239 como ayuda.

2. Busca tu estado en el mapa de las páginas 238 y 239. Haz una lista de los accidentes geográficos que hay en tu estado.

3. Mira el mapa de las páginas 236 y 237. Escoge un estado. Escribe tres claves para ayudar a una compañera o a un compañero a descubrir el nombre del estado que escogiste. Incluye un punto cardinal o una dirección intermedia en cada clave. Por ejemplo: "Para llegar a ese estado debes viajar hacia el noreste desde Texas". Túrnense para nombrar el estado del compañero.

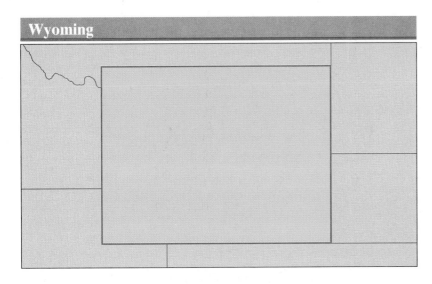

Wyoming

Usa tu razonamiento crítico

1. El aire acondicionado nos mantiene frescos cuando hace calor. Si no hubiera electricidad, ¿cómo podrías mantenerte fresco en un clima muy caliente?

2. Las montañas altas son frías y los desiertos son calientes, pero de algunas maneras se parecen. Haz una lista de las maneras en que se parecen.

3. ¿Te gustaría más vivir en una montaña o en un desierto? ¿Por qué?

Para ser buenos ciudadanos

1. **REDACCIÓN** Imagínate que subiste una alta montaña con una compañera o con un compañero. Usa una grabadora para registrar lo que llevaron y lo que vieron por encima del límite forestal.

2. **TRABAJO EN EQUIPO** Prepara un tablero de avisos sobre los animales del desierto. Trabaja en equipo con tus compañeras y compañeros y busquen libros sobre la vida en el desierto. Algunos de ustedes pueden dibujar animales del desierto como la tortuga del desierto y el correcaminos. Otros pueden escribir una o dos oraciones sobre cada animal. Pongan sus dibujos y oraciones en el tablero.

Unidad 2

Norteamérica y sus primeros habitantes

Los primeros habitantes de Norteamérica
vivían por todo el continente: junto al mar, en
los bosques, en las llanuras y en los desiertos.
Ellos entendían su tierra y vivían de ella.
Hacían su ropa, su comida y sus viviendas de
lo que la naturaleza les daba. No sólo hacían
los artículos de uso diario con materiales
naturales, sino que los teñían con tintes
naturales y los adornaban con diseños que
contaban historias de la tierra.

Manta del cántico del Camino de la noche, diseño de una pintura de arena de los navajos, 1880.
Werner Forman Archive/colección privada, New York.

Capítulo 4

Junto al radiante mar

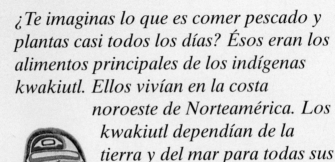

¿Te imaginas lo que es comer pescado y plantas casi todos los días? Ésos eran los alimentos principales de los indígenas kwakiutl. Ellos vivían en la costa noroeste de Norteamérica. Los kwakiutl dependían de la tierra y del mar para todas sus necesidades. Por eso hacían celebraciones y bellas obras de arte en honor a la naturaleza.

Muchos kwakiutl ponían al frente de sus casas un tótem muy alto. Los kwakiutl trabajaban la madera del bosque para hacer obras de arte que contaban la historia de sus familias.

Ésta era una falda o una capa. Los indígenas de la costa noroeste la hicieron con corteza de árbol hace más de 100 años.

Los kwakiutl hacían grandes canoas de madera para pescar y viajar. A veces se vestían con trajes y máscaras especiales para participar en celebraciones en las aldeas cercanas.

Las máscaras kwakiutl mostraban las caras de seres de cuentos antiguos. A veces los bailarines representaban estos cuentos durante las celebraciones.

Entre el mar y el bosque

¿Cómo vivían y se alimentaban los kwakiutl?

Términos clave

- salmón
- cedro
- casa comunal

➤ *Esta foto de una mujer usando una manta de corteza de árbol fue tomada hace tiempo. Abajo se ve un pisón de madera que se usaba para ablandar la corteza .*

¡**K**wiskwis está muy entusiasmada! Hoy su mamá le enseñará cómo las mujeres hacen ropa de la corteza de los árboles.

—¿Por dónde empezamos? —pregunta Kwiskwis con emoción.

—Por un árbol de cedro —dice su mamá.

Kwiskwis y su mamá sacan largas tiras de corteza de los árboles. Después sacan la parte suave del interior de esas tiras. Cuando tienen muchas tiras de corteza, vuelven a su casa grande de madera.

—Primero golpeamos la corteza con este pisón para ablandarla —dice la mamá—. Después, separaremos la corteza en tiras delgadas. Vamos a tejer una manta nueva para tu abuelita con todas las tiras.

Kwiskwis sonríe porque sabe que el regalo abrigará muy bien a su abuelita.

Mar de la abundancia

Si pudieras visitar una aldea kwakiutl de hace 100 años o más, podrías ver a una niña como Kwiskwis y a su mamá haciendo ropa con corteza de árbol. Los kwakiutl fueron uno de muchos grupos de indígenas que vivieron a lo largo de la costa noroeste de Norteamérica. Estos grupos de la costa noroeste vivieron en una franja de tierra que iba desde el extremo sur de Alaska hasta el norte de California. Fíjate en el mapa. Los kwakiutl vivieron en lo que ahora es el Canadá.

¿Recuerdas lo que aprendiste sobre los océanos y los bosques en los capítulos 1 y 2? Los kwakiutl vivieron en grandes bosques entre el océano y las altas montañas.

▼ Las aldeas de los kwakiutl se encontraban siempre cerca de los ríos, de los arroyos o del mar.

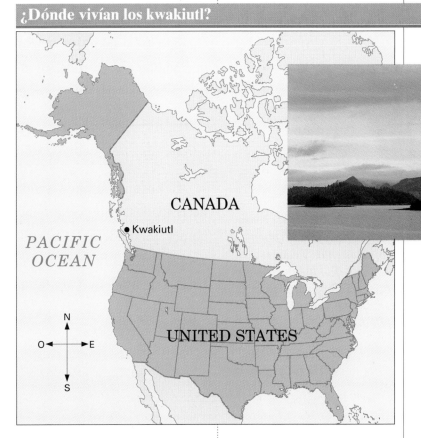

¿Dónde vivían los kwakiutl?

CANADA

Kwakiutl

PACIFIC OCEAN

UNITED STATES

N
O E
S

Del agua consiguen alimentos

El agua jugaba un papel importante en la vida de los kwakiutl. Del océano Pacífico y los ríos cercanos sacaban gran cantidad de peces para comer, como la trucha, el halibut y el **salmón**. Los kwakiutl también comían mariscos, como las almejas, y grandes animales marinos, como las focas. Sin embargo, el salmón era su comida preferida.

Los kwakiutl creían que todas las cosas de la naturaleza existen para ayudarse unas a otras. Todos los años el salmón abandonaba el océano y nadaba río arriba, pasando por las aldeas kwakiutl, para poner sus huevos. Los kwakiutl creían que estos peces nadaban río arriba para alimentarlos a ellos.

Los kwakiutl querían estar seguros de que el salmón volvería todos los años. Cuando comían salmón, siempre guardaban las espinas. Luego echaban las espinas al

➤ Los kwakiutl hacían anzuelos de madera. Primero calentaban la madera al vapor. Después la doblaban para darle forma de anzuelo.

■ Los kwakiutl vivían cerca del agua. ¿Cómo afectaba esto su manera de vivir?

▼ Las tablas de este cajón de madera están unidas con cuerdas de corteza de cedro. Los cajones se utilizaban como asientos y como estantes. También se usaban para guardar alimentos, agua y las cosas de valor de la familia.

agua donde los habían pescado. Los kwakiutl creían que esas espinas se convertían en peces que volvían al año siguiente.

Los kwakiutl comían más pescado que otras cosas y se convirtieron en muy buenos pescadores. Los kwakiutl pescaban con anzuelos de madera, hueso o cuerno. También usaban arpones y redes. Cuando los kwakiutl pescaban más de lo que podían comer, secaban el pescado que sobraba. Así tenían alimento para el invierno. ■

Regalos del bosque

El bosque también ayudaba a los kwakiutl a satisfacer sus necesidades. Allí podían encontrar frutillas y animales para comer. La madera del bosque era todavía más importante para los kwakiutl. Ellos vivían en casas de madera y viajaban en canoas de madera. Con la madera hacían cajones, platos, juguetes, arcos, flechas y otras cosas.

El cedro era el tipo de madera que los kwakiutl usaban con más frecuencia. El **cedro** es un árbol de hojas perennes. Los kwakiutl usaban la parte de adentro de la corteza del cedro para hacer cuerdas, alfombras y ropa. A veces tejían juntas la corteza de cedro y la lana de cabra montés para hacer mantas.

Los kwakiutl tenían cuidado de no sacar mucha corteza del árbol de cedro. Ellos sabían que esto podía matar el

66

árbol. Los kwakiutl creían que los árboles de cedro, al igual que el salmón, existían para ayudarlos. Algunas veces le cantaban una canción al cedro, pidiéndole que los vistiera y les diera refugio. Después, agradecían al cedro por darles tantas cosas.

El cedro era la madera preferida para construir casas. Estas casas se llamaban **casas comunales** y llegaban a medir hasta 60 pies de largo. Cortaban los troncos en tablas delgadas para hacer las paredes y el techo. Algunas tablas del techo se podían mover para dejar salir el humo del fuego cuando cocinaban.

◄ *El dibujante hizo este dibujo para que veas una casa comunal por dentro. ¿Cómo usaban la madera?*

Generalmente, tres o cuatro familias compartían una casa comunal. Cada familia tenía su propio espacio y su propio fuego para cocinar en una esquina de la casa. Los kwakiutl construían sus casas comunales en fila, una cerca de la otra, y de frente al mar.

Los kwakiutl cuidaban la naturaleza. Sabían que la tierra y el agua les daban muchas cosas. Los kwakiutl tomaban sólo lo que necesitaban y devolvían lo que podían. ■

■ *¿Qué sacaban de los bosques los kwakiutl?*

R E P A S O

1. **TEMA CENTRAL** ¿Cómo vivían y se alimentaban los kwakiutl?
2. **RELACIONA** ¿Dónde conseguían los kwakiutl sus peces de agua dulce?
3. **RAZONAMIENTO CRÍTICO** Los kwakiutl creían que todas las cosas de la naturaleza existían para ayudarse unas a otras. ¿Cómo afectaba esto la manera en que los kwakiutl trataban a la naturaleza?
4. **ACTIVIDAD** Haz un dibujo que muestre cómo los kwakiutl usaban el mar o el bosque en su vida diaria.

Cómo usar las líneas cronológicas

¿Por qué?   No es fácil seguirle la pista a todos los hechos sobre los que has leído. Las líneas cronológicas te pueden ayudar. Una línea cronológica muestra los hechos en el orden en que pasaron. Algunas líneas cronológicas muestran hechos de un corto período de tiempo, como una semana. Sin embargo, muchas líneas cronológicas muestran lo que pasó en más de un año. Supongamos que deseas mostrar ciertos hechos en la vida de un niño kwakiutl llamado Weesa.

¿Cómo?   La mayoría de las líneas cronológicas se leen de izquierda a derecha. Los hechos que pasaron primero se muestran a la izquierda.

Hechos en la vida de Weesa

Enero
Nació
Weesa.

Junio
Nació su
hermanita.

| 1700 | 1701 | 1702 | 1703 | 1704 |

Abril
Se mudó a
una nueva aldea.

Mira el lado izquierdo de la línea cronológica de abajo. ¿Qué le pasó a Weesa en el año 1700? Fíjate que las fechas se muestran por años en la línea cronológica. ¿Qué le pasó a Weesa en el año 1701? ¿Qué edad tenía? ¿Qué edad tenía cuando nació su hermanita?

Practica   Puedes aprender muchas cosas sobre la vida de este niño kwakiutl mirando la línea cronológica. ¿En qué año ayudó Weesa a su papá a tallar una máscara? ¿Cuándo pasó eso, antes o después de ir al levantamiento del tótem? ¿Cuántos años tenía Weesa cuando ayudó a su papá a tallar una máscara? ¿Cuál es la última fecha que aparece en la línea cronológica? ¿Qué pasó en ese año?

Aplícalo   Haz una línea cronológica de tu vida. Comienza a la izquierda con el año en que naciste. Después escribe a la derecha el año en que estamos. Muestra cinco o seis hechos de tu vida en tu línea cronológica en el orden en que pasaron. Haz dibujos de algunos de esos hechos.

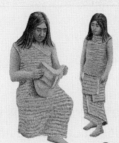

Septiembre
Ayudó a su papá
a tallar una máscara.

| 1705 | 1706 | 1707 | 1708 | 1709 |

Febrero
Fue al levantamiento
de un tótem.

Abril
Fue de
pesca.

El arte y la madera

Los indígenas de la costa noroeste estaban entre los mejores artesanos de la madera de Norteamérica. Tallaban animales en muchos de los objetos que hacían. Un artista escogía ciertas partes de un animal para tallarlas.

TEMA

CENTRAL

¿Qué importancia tenía la madera para los kwakiutl?

Términos clave

- tótem
- ceremonia

Los dos dientes grandes y la cola ancha y plana muestran que esto es un castor.

Las garras grandes nos dicen que esto es un oso.

Este animal tiene dientes grandes y aletas. También echa aire por un orificio en la parte de arriba de la cabeza. Es una ballena.

¿Qué parte de este dibujo nos dice que es una rana?

Tótems y canoas

En muchos objetos, los kwakiutl tallaban animales como los de la página 70. Casi todo lo que los kwakiutl usaban era de madera. El tallado era una parte importante en la vida de los kwakiutl.

Recuerda que las mujeres kwakiutl eran tejedoras. Los hombres tallaban la madera y les enseñaban esta destreza a sus hijos. Si un niño llegaba a ser un buen tallador, se convertía en una persona importante en la aldea kwakiutl.

Los talladores hacían bellos tótems. Un **tótem** es un poste largo de madera decorado con figuras que muestran la historia de la familia. Un tótem kwakiutl podía medir entre 10 y 70 pies de altura. Cada figura representaba un animal, una persona o un hecho en la vida de la familia.

Uno de los trabajos más importantes de un tallador de madera era hacer una canoa como la que vemos abajo. Primero, cortaba un alto árbol de cedro y lo tallaba en forma de canoa. Después quemaba el interior del tronco con piedras calientes.

En otros tiempos

Los kwakiutl todavían tallan tótems. En 1980, talladores kwakiutl del Canadá hicieron un tótem de la altura de un edificio de cinco pisos.

▼ *Este tótem de los kwakiutl está en el Canadá. ¿Qué figuras ves?*

71

Luego limpiaba las partes quemadas para hacer el interior de la canoa.

Después, el tallador ponía agua en la canoa y añadía piedras muy calientes para hacer vapor. El vapor ablandaba la madera. Así el tallador podía estirar la madera de los lados y hacer más ancha la canoa. Una canoa podía tener hasta 50 pies de largo y cargar 40 personas.

Finalmente, como muchos objetos kwakiutl, las canoas se tallaban y se pintaban. Hasta las embarcaciones de los kwakiutl eran objetos de arte. ■

Ceremonias especiales

Los kwakiutl celebraban hechos importantes, como bodas y nacimientos. Tenían palabras, actuaciones y canciones especiales para cada hecho. Lo que hacen las personas para celebrar esos hechos importantes es una **ceremonia.** En las ceremonias kwakiutl bailaban, comían y contaban cuentos.

Los kwakiutl usaban máscaras talladas, maracas y títeres durante las ceremonias. Esas obras de arte mostraban animales terrestres, peces y aves. Las usaban para contar cuentos sobre las familias y la naturaleza.

■ *¿Para qué usaban la madera los kwakiutl en su vida diaria?*

➤ *Los kwakiutl de esta foto visten ropas como las que usaban en sus ceremonias. Durante esas ceremonias, a veces usaban una maraca como la que vemos abajo.*

◄ *Durante las ceremonias de los kwakiutl el jefe se sentaba en un asiento de madera como éste.*

¿Cómo lo sabemos?

Hoy en día no existen tótems viejos porque la madera se descompone en los bosques. Sabemos que los grupos de la costa noroeste tallaban los tótems desde hace por lo menos 200 años porque un visitante francés describió uno en su diario.

Una de las ceremonias kwakiutl era el levantamiento de tótems. Se levantaba un tótem en ocasiones especiales, como una boda o un entierro. A veces una familia levantaba un tótem para mostrar que un miembro de la familia había hecho alguna hazaña.

No todas las familias kwakiutl tenían tótems. Los tótems indicaban a la comunidad la importancia de una familia. Una familia tenía que ser importante y rica para tener uno.

El tótem casi siempre se levantaba al frente de la casa. Durante el levantamiento del tótem, la familia se reunía a su alrededor. En voz alta, el jefe de la familia contaba historias sobre el pasado de su familia.

El orador usaba las figuras del tótem para recordar la historia de su familia. Por ejemplo, un león marino le recordaba algo importante que había pasado mucho antes.

El levantamiento de un tótem era un hecho importante. El orador, como el que aparece en la página siguiente, usaba ropas especiales para contar la historia de su familia. Los que no eran parte de la familia podían escuchar las historias, pero sólo los miembros de la familia podían contarlas.

▲ *Aunque viniera de muy lejos, un kwakiutl podía saber quién vivía en esta casa. El tótem es como un cartel que dice qué familia vive aquí.*

Un orador kwakiutl

*5:06 de la tarde,
20 de octubre de 1843
Frente a una casa comunal
en la costa noroeste*

Bastón narrador
Una cola de ballena fue tallada en este bastón.
El día en que este orador nació, su mamá vio
una cola de ballena en el mar. Ahora es un
símbolo del poder de su familia.

Collar
El orador usa este collar de
colores de corteza de
cedro. Lo usó en la boda
de su hija.

Cobre
Él no está pensando en
pelear, pero este
orador se siente
orgulloso de usar este
escudo de cobre. Es
tan valioso que se
podría cambiar por
2,500 mantas.

Manta
La manta que cubre
los hombros del
orador es de corteza
de cedro y de pelo
de cabra montés.

◄ *Esta máscara la usaba durante las ceremonias kwakiutl un bailarín que abría y cerraba la boca del pájaro haciendo ruido. El pájaro representaba a un espíritu malo en los mitos de los kwakiutl.*

Los levantamientos de tótems no eran las únicas ceremonias de los kwakiutl. Los días de invierno en las aldeas kwakiutl se llenaban con el sonido de canciones, bailes, discursos y banquetes. En estas ceremonias, algunos se ponían grandes máscaras de madera para representar cuentos de espíritus de la naturaleza. Las máscaras se tallaban y se pintaban para que se parecieran a estos espíritus. Las máscaras hacían las ceremonias de invierno más emocionantes.

◄ *Esta máscara muestra el rostro de un gigante muy temido en los mitos de los kwakiutl. Es de madera y tiene cabello humano. En un tiempo tenía cejas gruesas y un bigote y barba de piel de oso.*

Los kwakiutl tenían más tiempo para las ceremonias en invierno porque no pasaban tanto tiempo buscando alimentos. Durante el verano, pescaban y secaban el pescado al sol para comer durante el invierno. Esto les dejaba tiempo en el invierno para las ceremonias. ■

■ *¿Cómo usaban la madera los kwakiutl en sus ceremonias?*

R E P A S O

1. **TEMA CENTRAL** ¿Qué importancia tenía la madera para los kwakiutl?
2. **RELACIONA** ¿Cómo habría sido la vida de los kwakiutl si hubieran vivido en un desierto?
3. **RAZONAMIENTO CRÍTICO** ¿Cómo afectaron su arte y sus ceremonias las ideas de los kwakiutl sobre la naturaleza?
4. **REDACCIÓN** Escoge un animal de la tierra, del mar o del aire. Dibújalo como las figuras de los kwakiutl que ves en la página 70. Escribe un cuento corto como el que contaría un orador sobre ese animal.

Repaso del capítulo

Repasa los términos clave

casa comunal
(pág. 67)
cedro (pág. 66)
ceremonia (pág. 72)

salmón (pág. 65)
tótem (pág. 71)

A. Escribe el término clave para cada significado.

1. poste de madera decorado
2. árbol de hojas perennes
3. pez que vive en el océano Pacífico y vuelve a los ríos a poner huevos
4. una casa de madera de hasta 60 pies de largo donde vivían los kwakiutl

B. Copia el cuento de abajo. Cambia una palabra en cada oración para hacerla correcta.

Hace mucho tiempo, una niña kwakiutl vivía con su familia en una tienda. Comían hamburguesas en la cena. Su papá la paseaba en un barco de bambú. Su familia tenía su bandera al frente de la casa. Celebraban los hechos importantes con un juego.

Explora los conceptos

A. La tabla de abajo muestra dónde encontraban los kwakiutl muchas cosas útiles. Copia la tabla. Completa las dos últimas columnas para mostrar lo que se usaba y cómo se usaba.

B. Escribe dos detalles para apoyar cada una de las siguientes ideas principales.

1. Los kwakiutl tomaban de la naturaleza sólo lo que necesitaban.
2. Los kwakiutl hacían cosas bellas.

Dónde	Lo que se usaba	Cómo se usaba
Bosque		
Río u océano		

Repasa las destrezas

1. Copia la línea cronológica de abajo. En tu línea cronológica, marca los días que vas a la escuela, los días que te quedas en casa, y los días que has planeado algo especial.

2. Fíjate en el mapa de la página 65 otra vez. ¿Qué extensión de agua está al oeste de donde vivían los kwakiutl? ¿Qué estado está al norte de donde vivían los kwakiutl?

Línea cronológica de una semana

Escuela

Lunes	Martes	Miércoles	Jueves	Viernes	Sábado	Domingo

Usa tu razonamiento crítico

1. Los kwakiutl usaban madera del bosque de distintas maneras. ¿Cómo cambiaría sus vidas un incendio en el bosque?

2. Los kwakiutl eran hábiles artistas y dedicaban largas horas a hacer bellos objetos. ¿Qué tipo de arte conoces que tome mucho tiempo hacerlo?

3. Compara un tótem de una familia kwakiutl con un álbum de fotos de una familia actual. ¿En qué se parecen?

Para ser buenos ciudadanos

1. **ACTIVIDAD ARTÍSTICA** Trabaja con otra niña o niño. Escribe una historia sobre una familia kwakiutl. Cuenta algo que ellos hicieron o algo que les pasó. Después, haz un tótem enrollando y pegando un cartón o un papel grueso para hacer un tubo largo. Decora el tótem para que represente tu historia.

2. **TRABAJO EN EQUIPO** Preparen en clase una ceremonia para el levantamiento de un tótem. Escojan a un orador para que cuente la historia familiar que muestra el tótem que hicieron. Otras niñas y otros niños pueden hacer collares de papel y bastones narradores. Reúnanse para escuchar las historias.

Capítulo 5

Sobre olas de hierba

Encontrar alimento no era fácil para los cheyenne. A diferencia de los kwakiutl, que tenían peces a su alcance, los cheyenne tenían que trabajar duro para conseguir sus alimentos. Al principio, tenían que cultivar la tierra para alimentarse. Más tarde, tenían caballos y cazaban búfalos para comer su carne.

El búfalo vivía en grandes manadas en las llanuras. Los cheyenne dependían de este gran animal para su alimentación, ropa y vivienda.

El cuero del búfalo tenía muchos usos. A veces, los cheyenne decoraban el cuero con dibujos que contaban historias de hechos importantes, como cacerías o celebraciones.

Esta mujer cheyenne
continúa las tradiciones de
sus antepasados.

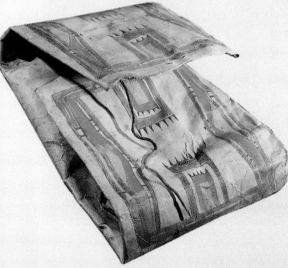

Los cheyenne usaban
bolsas de cuero de búfalo
para guardar muchas cosas.
Esta bolsa tiene alrededor
de 200 años.

En busca de búfalos

T E M A
CENTRAL

¿Cómo dependían los cheyenne del búfalo?

Términos clave

- tipi
- recurso natural

➤ *Esta foto es parte de un cuadro titulado* Historias exageradas contadas con el estómago lleno. *Lo pintó, en 1985, Paladine Roye, un artista que es descendiente de los primeros habitantes de Norteamérica.*

O lla Negra se lamió la grasa de búfalo de los labios y suspiró feliz. Miró a los otros cheyenne sentados alrededor de la fogata y supo que se sentían como él. No habían tenido nada en el estómago por mucho tiempo.

Olla Negra sabía lo que era pasar hambre. Los cultivos habían fallado ese verano. De noche, soñaba con la comida. A menudo, oía a sus tíos contar historias sobre el hambre. Él se preguntaba cuánto tiempo pasaría antes de que tuvieran otro banquete de búfalo. La caza de búfalos a pie era un trabajo duro. Su pueblo había seguido una manada por casi una semana antes de poder acercarse a un búfalo y dispararle. Los hombres estaban tan débiles del hambre, que casi no podían disparar sus arcos para matarlo.

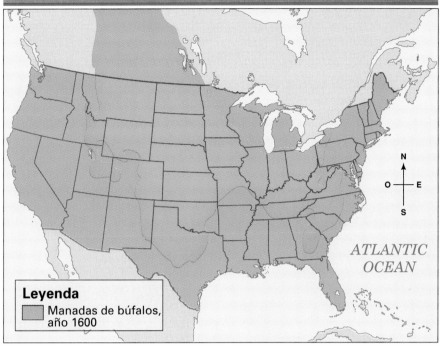

Manadas de búfalos en el año 1600

ATLANTIC OCEAN

N O E S

Leyenda
Manadas de búfalos, año 1600

▲ *Los indígenas de las llanuras usaban puntas de flecha como éstas para cazar búfalos hace dos mil años. Las puntas se hacían con herramientas de hueso o de piedra.*

El gran proveedor

Si tú fueras uno de los cheyenne que vivió hace alrededor de 400 años, comerías un banquete como el que comió Olla Negra. Tu familia cultivaría la tierra y de vez en cuando saldrían a cazar búfalos en las vastas áreas que muestra el mapa de arriba. Los cheyenne eran uno de los muchos grupos de indígenas de las llanuras.

Era muy difícil cultivar frijoles, maíz y calabaza en las llanuras. La tierra era tan dura y seca que no era fácil sembrar. Si llovía lo suficiente, y los cheyenne tenían una buena cosecha, comían bien. Si la cosecha era pequeña, los cheyenne cazaban venados y conejos o cualquier animal que pudieran encontrar. Incluso así, muchas veces no había suficiente para comer.

Varias veces al año, los cheyenne dejaban sus hogares para ir a cazar búfalos. En el camino, armaban sus tipis. Los **tipis** son tiendas en forma de cono que se pueden armar y desarmar con rapidez.

Para los cheyenne, el búfalo era un gran proveedor, un **recurso natural** importante. Un recurso natural es algo que se encuentra en la naturaleza y que nos ayuda a vivir. ■

En otros tiempos

Los cheyenne cambiaban frecuentemente de lugar. Hoy en día, el pueblo cheyenne está dividido en dos grupos y ya no cambian de lugar. Los cheyenne del norte viven en Montana y los del sur en Oklahoma. Busca estos estados en el mapa de los Estados Unidos en las páginas 234 y 235 del Atlas.

■ *¿Por qué les era tan difícil a los cheyenne cultivar la tierra de las llanuras?*

81

El gran proveedor

El búfalo era un recurso natural importante para los cheyenne. Un búfalo tenía suficiente carne para alimentar a cien personas. Todo se usaba. Nada se desperdiciaba. Hoy en día usamos la piel de vaca para hacer artículos que usamos todos los días, tal como hacían los cheyenne con la piel de búfalo.

Las paredes de los tipis eran de cueros que se cosían con una aguja de hueso de búfalo y con hilo que también se hacía de búfalo. Las pieles se estiraban con palos de madera.

Los huesos de costilla se amarraban con cuerda de piel de búfalo para hacer trineos que servían para trasladar el campamento en la nieve, o para divertirse en el invierno.

82

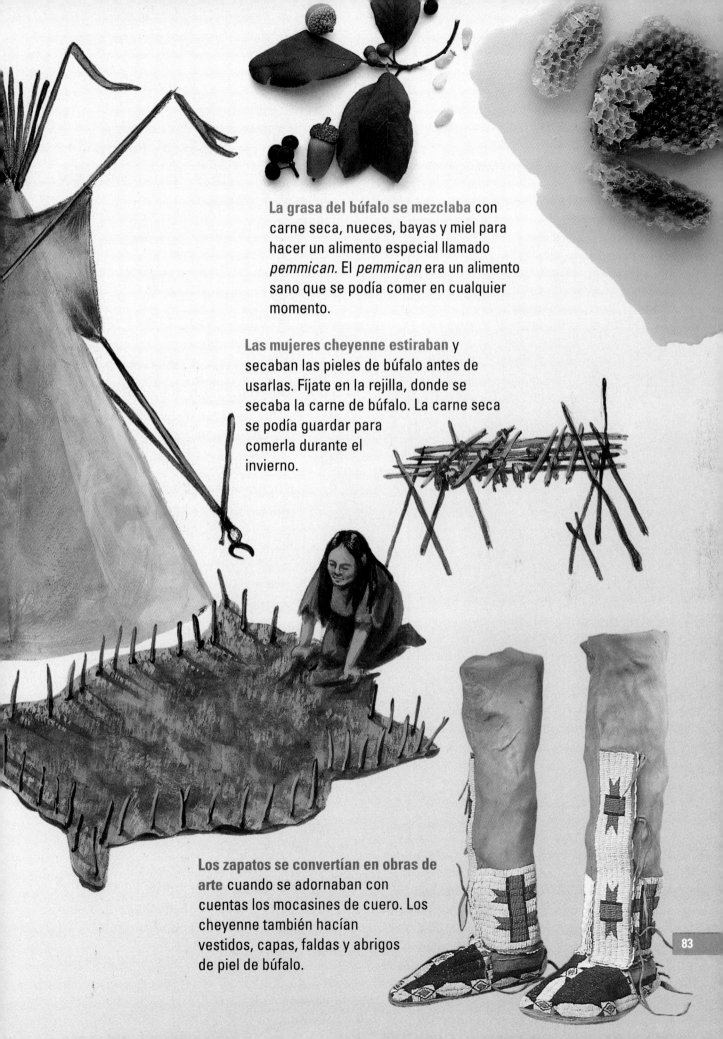

La grasa del búfalo se mezclaba con carne seca, nueces, bayas y miel para hacer un alimento especial llamado *pemmican*. El *pemmican* era un alimento sano que se podía comer en cualquier momento.

Las mujeres cheyenne estiraban y secaban las pieles de búfalo antes de usarlas. Fíjate en la rejilla, donde se secaba la carne de búfalo. La carne seca se podía guardar para comerla durante el invierno.

Los zapatos se convertían en obras de arte cuando se adornaban con cuentas los mocasines de cuero. Los cheyenne también hacían vestidos, capas, faldas y abrigos de piel de búfalo.

83

La ayuda del caballo

¡Imagínate que tienes que cargar todas tus cosas en la espalda! Eso hacían los cheyenne cuando cazaban búfalos. Todos iban a la cacería: los abuelitos, los papás y los niños. Las mujeres llevaban a los bebés y cargas pesadas. Los hombres llevaban los arcos y las flechas por si algún animal pasaba cerca. Los perros arrastraban los bultos.

No era fácil llevar a los perros a la cacería. Los perros perseguían a los conejos, peleaban entre sí o se echaban a dormir. El viaje era tan lento que los cheyenne sólo avanzaban cinco o seis millas por día. ¡Era muy difícil perseguir a los búfalos así!

Más tarde, la vida de los cheyenne se hizo más fácil con la ayuda del caballo. Cuando los cheyenne aprendieron a criar y a domar los caballos, se convirtieron en buenos jinetes. A caballo, los cazadores podían alcanzar las manadas. Además, los caballos podían llevar cargas pesadas y viajar más rápido que los perros.

Gracias a los caballos, los cheyenne dejaron la agricultura. Empezaron a moverse libremente y a armar nuevos campamentos en el camino a medida que seguían a los búfalos durante todo el año. Los cheyenne no volvieron a pasar hambre. ∎

▼ *Hombres cheyenne con los caballos en los que llevaron sus tipis y sus familias a una celebración de verano en la llanura.*

■ *Busca detalles que apoyen esta oración: El caballo les hizo más fácil la vida a los cheyenne.*

R E P A S O

1. **TEMA CENTRAL** ¿Cómo dependían los cheyenne del búfalo?

2. **RELACIONA** Recuerda lo que aprendiste sobre las praderas. ¿Crees que a los cheyenne les era difícil encontrar palos de madera para levantar sus tipis? ¿Por qué?

3. **RAZONAMIENTO CRÍTICO** Si tú tuvieras que viajar todo el tiempo para buscar alimento, ¿crees que llevarías contigo muchas cosas? ¿Por qué?

4. **ACTIVIDAD** Imagínate que eres un cheyenne. Busca un pedazo de papel de envolver color café, que parezca un cuero de búfalo. Dibuja un hecho importante de tu vida.

Nuestros recursos naturales

Los cheyenne usaban el búfalo para obtener alimento, ropa y vivienda. El búfalo era un recurso natural. Un recurso natural es cualquier cosa de la naturaleza que podemos usar para vivir.

Los árboles, la tierra y el agua también eran recursos naturales para los cheyenne. Los palos que sostenían los tipis venían de los árboles. Los cheyenne cultivaban la tierra y bebían agua de los arroyos.

Hoy en día, usamos muchos de los mismos recursos naturales. Usamos los árboles para hacer muchas cosas, desde casas hasta papel y ropa. También usamos la tierra para producir alimentos. Bebemos agua que viene de los ríos, lagos y pozos subterráneos.

Los recursos naturales también se encuentran en el interior de la tierra. Por ejemplo, el petróleo, el carbón, las rocas y los metales son recursos naturales. Hoy en día, usamos petróleo para hacer gasolina. Quemamos carbón en las fábricas y usamos rocas para construir aceras de cemento. Fabricamos muchas cosas con metal, como los carros. Estos recursos son tan importantes para nosotros como lo era el búfalo para los cheyenne.

La danza del curandero

TEMA
CENTRAL

¿Por qué la danza del curandero era tan importante para los cheyenne?

Términos clave

- mito
- símbolo

Hace mucho tiempo, no llovió por muchos días. La hierba se secó y los animales murieron de hambre. No había nada que comer.

Un día, un hombre y una mujer cheyenne salieron de viaje. Durante muchos días viajaron hasta llegar a una montaña cubierta de árboles. Movieron a un lado una roca que tapaba la entrada de una cueva. Dentro, vieron un cuarto maravilloso, todo lleno de palos de madera cubiertos con mantas de búfalo. En el centro había un tronco de árbol que tenía en su copa el nido del mágico Pájaro de los Truenos.

De pronto oyeron la profunda voz del espíritu Trueno Rugiente. Trueno Rugiente les dijo cómo celebrar una danza. La danza daría nueva vida a la hierba y haría regresar a las manadas de búfalos.

Mito cheyenne,
versión moderna

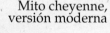

➤ *Este tambor indígena muestra al Pájaro de los Truenos. Muchos grupos de indígenas de las llanuras creían que el Pájaro de los Truenos controlaba el viento, la lluvia y la nieve.*

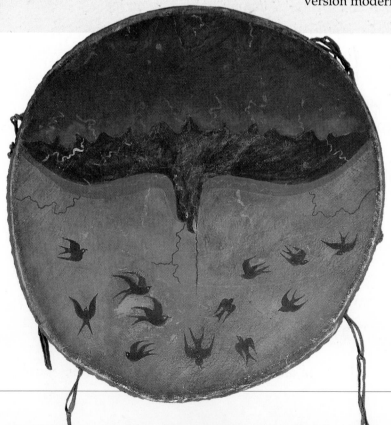

El ciclo de la naturaleza

El mito dice cómo comenzó la ceremonia cheyenne llamada la danza del curandero. Un **mito** es una historia que explica algo de la naturaleza. Los mitos eran la manera que tenían los cheyenne de explicar la naturaleza como una serie de cambios que se repetían una y otra vez. A estos cambios que se repiten los llamamos el ciclo de la naturaleza.

Para comprender este ciclo, piensa en un árbol. En la primavera, le brotan hojas verdes. El árbol crece durante todo el verano. En el otoño, las hojas cambian de color y se caen. Durante el invierno, el árbol parece casi muerto. Cuando la primavera llega, aparecen nuevos brotes. Entonces, el ciclo comienza otra vez.

Los cheyenne veían cómo se repetía este ciclo. Cada año la hierba de la llanura crecía y moría, los búfalos venían y se iban. Los cheyenne creían que había grandes fuerzas en la naturaleza. Pensaban que estas fuerzas podían ayudarlos. Los cheyenne bailaban la danza del curandero para pedirle a las fuerzas de la

▼ *Los científicos piensan que quizás los indios de las llanuras celebraban la danza del curandero en este círculo llamado la rueda del curandero. Está en Medicine Mountain, en Wyoming.*

naturaleza que los ayudaran.

Todo el pueblo cheyenne ponía sus tipis en un gran círculo para la ceremonia que duraba ocho días. Una pareja cheyenne hacía la parte del hombre y de la mujer en el mito de la página 86. El hombre era el curandero. Los cheyenne creían que el curandero podía hablar con Trueno Rugiente y otras fuerzas de la naturaleza.

Los cheyenne veían todo lo que los rodeaba como parte del ciclo de la naturaleza. Todos los seres vivientes nacían, crecían y morían, pero nuevas cosas tomaban su lugar. Cuando los cheyenne celebraban la danza del curandero, lo hacían para tratar de que continuara el ciclo de la naturaleza. Creían que si representaban este mito la hierba crecería y la manada de búfalos volvería. ■

■ *¿Por qué el ciclo de la naturaleza era tan importante para los cheyenne?*

➤ *Estos cheyenne están listos para celebrar la danza del curandero.*

La tienda de la danza del curandero

➤ *Esta maraca de cuero se usaba en las ceremonias de la danza del curandero. Los cheyenne quizás la usaban para hacer un sonido como el ruido de una manada de búfalos.*

Durante la celebración de la danza del curandero, los cheyenne hacían una tienda parecida al cuarto maravilloso de la montaña que cuenta el mito. En esa tienda ponían un árbol como el de aquel cuarto. El árbol era el símbolo más importante en la danza del curandero. Un **símbolo** es algo que representa otra cosa. El árbol era el símbolo de cómo cambia la vida y comienza otra vez.

El árbol que los cheyenne escogían era un tipo especial de álamo. Antes de cortarlo, el jefe daba un discurso, en el que decía que el árbol era un símbolo de la naturaleza.

Después que los cheyenne cortaban el árbol y le quitaban las ramas, adornaban la copa con ramas y hojas. Las mujeres ponían pedacitos de tela de colores en las ramas. Así, el árbol se parecía al nido del poderoso Pájaro de los Truenos. A los cheyenne, este nido les recordaba a Trueno Rugiente porque creían que su espíritu volaba por el cielo en la forma del Pájaro de los Truenos.

Después, los cheyenne ponían el árbol adornado en el centro de la tienda redonda que habían levantado. La tienda era un círculo de palos amarrados. Cueros de búfalo cubrían los lados y parte del techo. El árbol con el nido salía del centro y quedaba arriba de la tienda.

Finalmente, comenzaba la danza. Durante los dos últimos días de la ceremonia, los cheyenne cenaban y bailaban alrededor del árbol. Así celebraban el ciclo de la naturaleza. ■

■ *¿Qué símbolos usaban los cheyenne cuando celebraban la danza del curandero?*

Construcción de una tienda para la danza del curandero

Paso uno: Se ponen palos en un círculo abierto hacia el este.

Paso dos: Se amarran hojas, ramas y pedacitos de tela al tronco de un árbol. Luego, se levanta este palo central.

Paso tres: Se amarran cueros de búfalo a los lados y en parte del techo. Ahora comienza la danza.

R E P A S O

1. **TEMA CENTRAL** ¿Por qué la danza del curandero era tan importante para los cheyenne?

2. **RELACIONA** ¿En qué se parecían las ideas que tenían los cheyenne y los kwakiutl sobre la naturaleza?

3. **RAZONAMIENTO CRÍTICO** Usa una semilla para describir el ciclo de la naturaleza.

4. **ACTIVIDAD** Haz un árbol con un tubo de cartón. Ponle ramas y hojas de papel para hacer el nido del Pájaro de los Truenos. Adórnalo con papelitos.

89

Primeros habitantes de Norteamérica

Imagínate cómo era tu vecindario hace mucho, mucho tiempo. No había casas grandes, ni calles anchas, ni amplias carreteras con tráfico. Había cientos de grupos diferentes de pueblos indígenas que fueron los primeros que vivieron en Norteamérica. Estos grupos tenían diferentes nombres y diferentes maneras de vivir. Algunos de ellos vivían donde tú vives hoy.

Prepárate   En algunos lugares, los primeros habitantes de Norteamérica aún viven en los mismos sitios. En otros lugares, puedes ver lo que quedó de sus hogares. Pero en la mayoría de los lugares, queda poco de estos primeros pueblos. ¿Cómo puedes aprender sobre los indígenas que vivieron donde tú vives?

Descubre   Busca en libros y mapas los nombres de los indígenas que vivieron donde tú vives hoy.

▲ Cliff Palace en el Parque Nacional de Mesa Verde, Colorado.

► Viviendas de los indígenas Wichita, hechas de troncos y tierra.

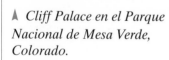

90

Después lee cómo vivían, qué comían, qué ropa usaban y cómo eran sus casas. Escribe lo que aprendas en tu cuaderno.

Sigue adelante Haz un informe para tu clase. Di los hechos más interesantes que encontraste sobre los indígenas de tu región. Haz dibujos para mostrar cómo vivían. Muestra fotos de los libros que miraste.

Explora más Crea un centro histórico sobre los indígenas que vivieron en tu región. Muestra en este centro tus informes y los dibujos que hiciste. Haz un cartel con la lista de los lugares donde vives que tienen nombres indígenas. Haz un modelo de sus casas o de algo que ellos usaban, como una canasta o una máscara. Invita a otros estudiantes de tu escuela a que visiten tu centro histórico.

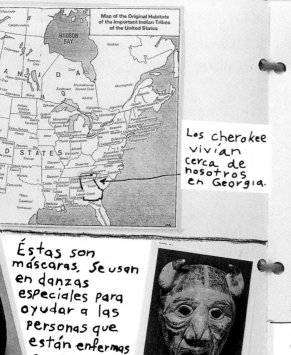

Los cherokee vivían cerca de nosotros en Georgia.

↑ Éste es Sequoyah. Él inventó el alfabeto cherokee. ←

Éstas son máscaras. Se usan en danzas especiales para ayudar a las personas que están enfermas a que se sientan mejor.
Ésta se parece a una cabeza de búfalo

El nombre cherokee significa "personas verdaderas".

Repaso del capítulo

Repasa los términos clave

mito (pág. 87)   símbolo (pág. 88)
recurso natural (pág. 81)   tipi (pág. 81)

A. Escribe el término clave que mejor completa cada oración.

1. Algo que se encuentra en la naturaleza y nos ayuda a vivir es un _____ .

2. Un _____ es una tienda en forma de cono.

3. Algo que representa otra cosa es un _____.

4. Un _____ es una historia que explica algo de la naturaleza.

B. Escribe *verdadero* o *falso* en cada oración de abajo. Si la oración es falsa, escríbela de nuevo para hacerla verdadera.

1. Los mitos eran importantes en la vida de los cheyenne.

2. Para los cheyenne, el árbol era un símbolo de cómo cambia la vida.

3. Los tipis se pueden armar y desarmar con rapidez.

4. Todos los recursos naturales se encuentran sobre la tierra.

Explora los conceptos

A. El búfalo era muy importante para los cheyenne porque lo usaban como alimento y para hacer ropa y viviendas. Copia el diagrama que aparece abajo. Completa los espacios en blanco. Tu diagrama mostrará cómo los cheyenne usaban el búfalo.

B. Escribe una o dos oraciones para contestar las siguientes preguntas:

1. ¿Por qué los cheyenne celebraban la danza del curandero?

2. ¿Cómo cambió el caballo la vida de los cheyenne?

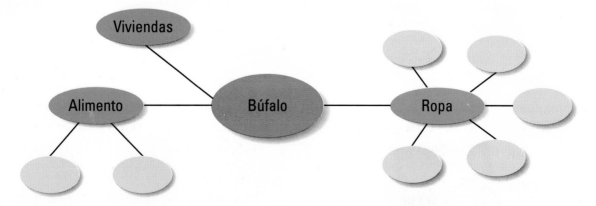

Repasa las destrezas

1. La gráfica lineal de la derecha muestra la cantidad de agua que se usó en un pueblo durante un período de seis meses. ¿En cuál de esos seis meses se usó más agua? ¿En qué mes se usó menos agua? ¿Cuántos miles de galones de agua se usaron en el mes de julio?

2. Fíjate en el mapa de la página 81. Luego, fíjate en el mapa de las páginas 238 y 239. ¿Qué accidentes geográficos hay en la tierra donde los cheyenne cazaban búfalos?

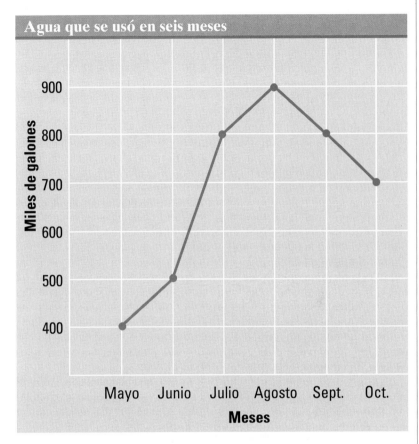

Agua que se usó en seis meses

Miles de galones

900
800
700
600
500
400

Mayo Junio Julio Agosto Sept. Oct.

Meses

Usa tu razonamiento crítico

1. Cuando los cheyenne viajaban de un lugar a otro, los perros o los caballos cargaban las cosas. ¿Cómo llevamos nuestras cosas de un lugar a otro hoy en día?

2. Los cheyenne no podían cosechar todos los productos que necesitaban. ¿Cómo podrían haber mejorado sus cosechas?

Para ser buenos ciudadanos

1. **ACTIVAD ARTÍSTICA** Haz dibujos que muestren el ciclo de la naturaleza y coloréalos. Haz un dibujo para cada una de las cuatro estaciones.

2. **TRABAJO EN EQUIPO** Como proyecto de la clase, haz un modelo de una reunión de los cheyenne para la ceremonia de la danza del curandero. El modelo debe tener tipis en un círculo grande alrededor de la tienda de la danza del curandero. Usa popotes, o sorbetes, plastilina, papel de colores y otros materiales que tengas.

Capítulo 6

En tierras de roca roja

Los desiertos del suroeste no tienen mares con peces, ni llanuras con manadas de búfalos. Los desiertos son tierras secas y calientes donde es difícil encontrar los recursos necesarios para vivir. Sin embargo, el pueblo navajo descubrió muchas maneras de obtener alimentos, ropa y viviendas en sus tierras de roca roja.

El barro que cubre el exterior de las casas de los navajos los protegía del frío del invierno y del calor del verano.

En sus pinturas de arena, los navajos contaban historias sobre la naturaleza. Los bellos colores de estas pinturas se hacían de plantas secas y rocas molidas.

Hoy en día los navajos
todavía crían ovejas para
obtener su lana, tal como lo
hacían en el pasado.

Este cuadro, titulado
Tejedoras del pueblo navajo,
muestra cómo las mujeres
han tejido alfombras y
mantas de lana desde hace
cientos de años.

*Por lo que has leído, ya sabes que el desierto puede
ser un lugar donde es difícil vivir. ¿Qué sienten las
personas por el desierto en que viven? Lee este
poema y comprenderás.*

LITERATURA

CANTO DEL NAVAJO

Poema de Floria Jiménez-Díaz

Dibujos de Peter Parnall

En la tierra de las rocas rojas,
al suroeste de nuestro país,
vive un indito navajo
sano, fuerte y muy feliz.

Vivo en el desierto
alegre y sonriente,
tengo por amigos
los seres vivientes.

Yo cuento mi vida
y pinto con arena,
dibujo a mis dioses
y la naturaleza.

En casa de barro
me gusta vivir.
En pieles de oveja
me acuesto a dormir.
Al sol del desierto
yo siembro maíz,
un buen alimento
que me hace vivir.

En grandes telares
fabrico mis telas,
les doy sus colores
con frutos y hierbas.

Mi abuelo navajo
fue un buen cazador,
pero yo prefiero
ser agricultor.

También yo prefiero
ser un buen pastor
y al calor del fuego
cantar mi canción.

Mi madre es la Tierra.
Me da protección.
La miro y me mira
con su dulce amor.

Su casa es hermosa
tiene gran belleza,
es como un palacio
de concha y turquesa.

Vivo con el sol.
Vivo con la arena.
Aquí en el desierto
yo no tengo penas.

¿Quieres ser mi amigo?
Mi casa es pequeña,
pero yo te invito.
Ven a conocerla.

Un hogar en el desierto

TEMA
CENTRAL

¿Cómo usaban los navajos los recursos naturales?

Términos clave

- hogan
- ganado
- adaptación

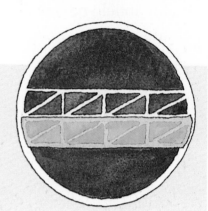

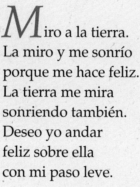

Miro a la tierra.
La miro y me sonrío
porque me hace feliz.
La tierra me mira
sonriendo también.
Deseo yo andar
feliz sobre ella
con mi paso leve.

Antigua plegaria
de los navajos

Esta plegaria es una de las muchas oraciones que los navajos dedicaban a la tierra. Los navajos llamaban a la tierra la Mujer Cambiante. La Mujer Cambiante era uno de los espíritus más importantes de los mitos navajos. Los navajos creían que ella los protegía de muchos males.

➤ *Este indígena navajo va a caballo por el valle de los Dioses* (Valley of the Gods) *en Utah. Debido a su color, esta región se conoce como la tierra de las rocas rojas.*

Vivían apegados a la tierra

Los navajos creían que una de las maneras en que la Mujer Cambiante los ayudó fue dándoles el primer hogan. Un **hogan** es una casa de una sola habitación. Los navajos han vivido en sus hogans durante cientos de años. En los mitos navajos, el hogan de la Mujer Cambiante estaba hecho de conchas de mar y de turquesa, una piedra de color azul verdoso. Los hogans eran de barro y troncos.

▼ *Aquí vemos a una familia navajo frente a un hogan en el valle Monument, Utah.*

Los navajos vivían en los desiertos del suroeste de los Estados Unidos. Los hogans eran buenas viviendas para el desierto. Las paredes y techos de barro hacían que se mantuvieran frescos en el verano y calientes en el invierno. Los hogans no tenían ventanas y la entrada miraba hacia el este, por donde sale el sol.

Cada familia vivía en un hogan diferente. Las mujeres se sentaban en el lado norte del hogan. Los hombres se sentaban en el lado sur. El lado oeste, o sea, el lado que quedaba frente a la entrada, se reservaba para los huéspedes.

En el centro del hogan había una hoguera que se usaba para cocinar. Había un agujero en el techo, encima de la hoguera, para dejar salir el humo. Por la noche la familia dormía sobre pieles de oveja alrededor de la hoguera. ■

■ *¿Por qué los navajos podían vivir cómodamente en sus hogans en medio del desierto?*

Aprendieron de sus vecinos

Los navajos tenían muchos mitos para explicar los cambios que ocurrían en sus vidas. Por ejemplo, los navajos creían que la Mujer Cambiante, o sea, el espíritu que les dio los hogans, también les enseñó cómo cultivar el maíz. En realidad, hacía cientos de años que los navajos sabían cultivar el maíz. Lo habían aprendido de otro grupo de indígenas. Probablemente habían aprendido también a cultivar frijoles y calabazas de los mismos indígenas.

¿Cómo cultivaban maíz y otras plantas en los secos desiertos del suroeste? Los navajos aprendieron a cultivar la tierra cercana a los arroyos para así tener agua para regar sus cultivos.

El maíz llegó a tener gran importancia para los navajos. Lo usaban en muchas ceremonias porque creían que traía buena suerte y una vida larga y saludable.

El regalo del tejido

Los navajos también creían que el tejido era un regalo de un espíritu. En los mitos se decía que la Mujer Araña había enseñado a los navajos a tejer. Ella vivía en una roca alta y delgada, llamada la Roca de la Araña. Esta roca todavía existe en lo que es hoy Arizona.

Los indígenas vecinos que habían enseñado a los navajos a cultivar la tierra también les enseñaron a tejer el algodón. Los navajos mejoraron rápidamente estas maneras de tejer. Pronto descubrieron que era aún más fácil tejer la lana que el algodón. La lana era más fuerte y más fácil de teñir, o sea, de darle color.

Los navajos eran muy conocidos por sus bellos tejidos. Para hacer telas de lana, comenzaban por esquilar, o cortar, la lana de las ovejas que criaban. Después hilaban la lana para formar estambre. Usaban los recursos naturales, como las plantas y las frutillas, para teñir la lana. Finalmente tejían la lana en un telar de madera. Poco después tenían una bella pieza de tela para hacer ropas o mantas.

Cría de animales

Después de aprender a tejer, los navajos aprendieron a criar ganado. Se llama **ganado** a los animales que se crían para usarse o cambiarse por otras cosas, como las ovejas o los caballos. Los navajos

Los navajos son famosos por sus finos tejidos. Los navajos dejaban un agujero en cada manta que tejían para agradecer a la Mujer Araña el regalo del tejido. Dejaron de hacer esos agujeros cuando comenzaron a vender sus mantas a los comerciantes.

▼ *En la actualidad los navajos todavía viven en el suroeste. Son el grupo más grande de habitantes originales de Norteamérica.*

Los navajos hoy en día

N
O — E
S

Utah

Colorado

Navajo

Río Grande

Arizona

Oklahoma

New Mexico

Texas

Leyenda

☐ Tierras de los navajos hoy en día

MEXICO

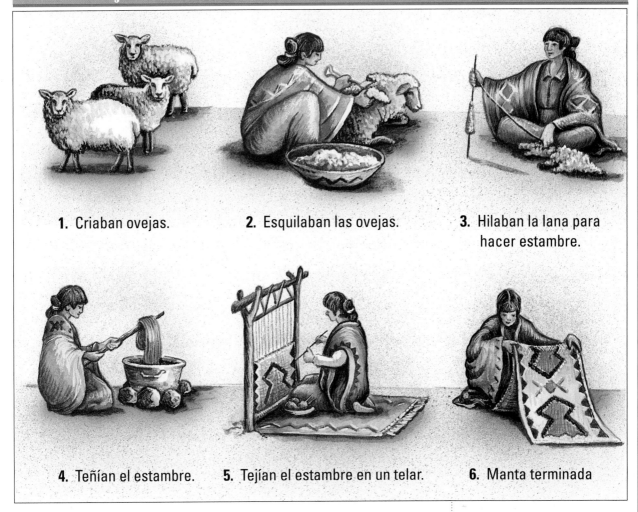

1. Criaban ovejas.

2. Esquilaban las ovejas.

3. Hilaban la lana para hacer estambre.

4. Teñían el estambre.

5. Tejían el estambre en un telar.

6. Manta terminada

necesitaban las ovejas para obtener la lana que tejían. También criaban cabras y caballos.

La manera en que los navajos aprendieron a vivir en el desierto es un ejemplo de adaptación. La **adaptación** es la manera en que las personas cambian su vida para ajustarse a su ambiente. Los navajos usaban los recursos naturales y también las ideas de otros para vivir bien en el desierto. ■

■ *¿Qué aprendieron los navajos de sus vecinos?*

R E P A S O

1. **TEMA CENTRAL** ¿Cómo usaban los navajos los recursos naturales?

2. **RELACIONA** ¿Qué diferencias hay entre los hogans de los navajos, las casas comunales de los kwakiutl y los tipis de los cheyenne?

3. **RAZONAMIENTO CRÍTICO** ¿Por qué los navajos llamaban Mujer Araña al espíritu que les enseñó a tejer?

4. **REDACCIÓN** Imagínate que estás sentado dentro de un hogan navajo. Escribe una descripción del hogan. Describe la forma del hogan y dónde están sentadas las personas. Haz un dibujo para ilustrar tu descripción.

Nos adaptamos al ambiente

En un tiempo, los navajos cazaban animales para comer. También hacían ropa con la piel de esos animales. Cuando llegaron al desierto, los navajos no encontraron muchos animales que cazar. Tuvieron que aprender a criar sus propios animales. Aprendieron a tejer la lana de los animales para hacer ropa. También aprendieron a cultivar maíz, frijoles y calabazas. La manera en que las personas cambian su manera de vivir, como lo hicieron los navajos, se llama adaptación.

Hoy en día todavía hay adaptación. Por ejemplo, si te vas a vivir de la Florida a Alaska, tu manera de vestir cambiará. En Alaska necesitarás ropa que te abrigue bien.

Hay adaptación también cuando hacemos un cambio en nuestro ambiente. Por ejemplo, en climas calientes usamos aire acondicionado para mantenernos frescos. En los climas secos, los granjeros riegan la tierra para que crezcan cultivos, como en la foto de abajo, que muestra campos de maíz en Kansas.

Así nos adaptamos al ambiente. Cambiamos nuestra manera de vivir o hacemos un cambio en nuestro ambiente.

Pintura de arena

Un rosado amanecer coloreaba el cielo a medida que nos acercábamos al hogan. Mi maestro, el curandero, estaba silencioso. Pensaba en la niña enferma que había venido a curar. Cuando entramos, la familia y los amigos de la niña, preocupados, se quedaron a esperar afuera. El curandero se arrodilló junto a la niña y cerró los ojos. Luego comenzó a cantar las palabras que se usaban para tratar la enfermedad. Esas palabras contaban uno de los mitos de nuestro pueblo.

Años atrás mi maestro había sido un ayudante como yo. Había aprendido las palabras de su maestro, un gran curandero que sabía cientos de **cánticos**, o rezos, que se cantan. Yo sabía que dentro de poco terminaría de cantar y haría dibujos de la naturaleza. Cada cántico y cada dibujo debe ser correcto para que se cure la niña. Yo lo miraba y suspiraba. ¿Cuándo aprendería yo todo lo necesario para ser curandero algún día?

T E M A
CENTRAL

¿Por qué la pintura de arena era importante para los navajos?

Términos clave

- cántico
- pintura de arena

◄ *Hoy en día los curanderos navajos todavía hacen pinturas de arena. Este curandero toma un poquito de color de uno de los tazones y lo usa para formar el diseño de una bella obra de arte.*

Cerca de la naturaleza

El joven ayudante del curandero sobre el que leíste creía que los espíritus de la naturaleza les habían dado a los navajos los cánticos y las pinturas de arena. Las **pinturas de arena** son dibujos hechos con pedacitos de roca, plantas y otros materiales secos molidos. Estas pinturas cuentan historias sobre la naturaleza y sobre los espíritus navajos.

Los navajos creían que hace mucho tiempo los espíritus les habían dicho que hicieran dibujos en el suelo con los colores de la tierra. Los espíritus les aconsejaron que no guardaran sus pinturas porque otras personas podrían pelearse con ellos para quitárselas. Por eso hacían pinturas de arena en el suelo de sus hogans y las barrían después de 12 horas. Ese tiempo era suficiente para que el poder de las pinturas ayudara a quienes lo necesitaran.

▼ *Ésta es una pintura de arena. En ella se ven los cuatro Espíritus de los Vientos. Cada espíritu gobierna el viento desde uno de los puntos cardinales de la Tierra. Con una mano sostienen las nubes y con la otra una pluma que usan para hacer que sople el viento.*

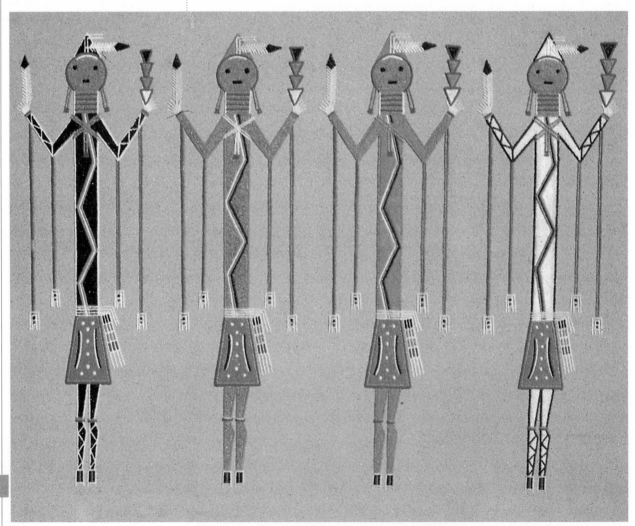

En un comienzo los navajos aprendieron de otros indígenas vecinos cómo hacer pinturas de arena. Pero los mitos navajos dicen que se lo enseñaron los Espíritus de los Vientos. Para los navajos los Espíritus de los Vientos eran los espíritus de la naturaleza que viste en la pintura de arena de la página 104.

Los navajos creían que la única manera de estar sanos era sintiéndose felices con la tierra, el aire y todas las cosas vivientes. Pensaban que si usaban el arte de los Espíritus de los Vientos en una ceremonia cuando una persona se enfermaba, esa persona se curaría.

◄ *Las pinturas de arena muestran casi todas las cosas de la naturaleza. Por ejemplo, aquí vemos una nutria y un castor.*

▲ *Los navajos usaban 500 pinturas de arena diferentes. Un curandero debía recordar cada una de las líneas, ya que no había libros que mostraran las pinturas.*

■ *¿Cómo usaban las pinturas de arena los navajos?*

En las ceremonias que se hacían para curar a una persona se oían cánticos y se hacían pinturas de arena. Un curandero decía los cánticos y hacía las pinturas. Cada pintura contaba una historia sobre los personajes y los espíritus de los mitos navajos. Los navajos creían que si una persona se sentaba sobre una de esas pinturas se podía curar de una enfermedad. ■

Una historia que contar

Los navajos se preguntaban cómo y por qué existía la naturaleza. ¿Por qué existen las grandes rocas? ¿De dónde vienen las montañas? ¿Qué hace que sople el viento y que caiga la lluvia? Los navajos contaban mitos para contestar estas preguntas.

En los mitos, las cosas de la naturaleza se convertían en espíritus que explicaban por qué pasaban las cosas. Por ejemplo, en los cuentos, el arco iris del cielo se transformaba en los Espíritus del Arco Iris. Miremos una pintura de arena de los Espíritus del Arco Iris y la historia que nos cuenta.

Cómo entender una pintura de arena

Esta pintura de arena de los Espíritus del Arco Iris cuenta parte de un mito navajo que explica cómo el agua es una fuente de vida. El círculo en el centro de la pintura de arena es un símbolo que representa la fuente de toda el agua de la tierra.

¡Cuántos colores! Los navajos usan el blanco para mostrar el este, el negro para el norte, el azul para el sur y el amarillo para el oeste. Hacen estos colores moliendo rocas y plantas.

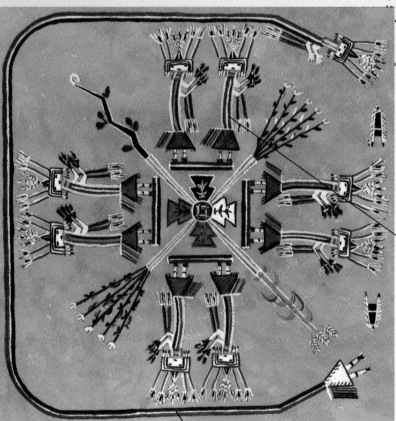

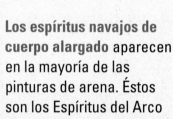

Los espíritus navajos de cuerpo alargado aparecen en la mayoría de las pinturas de arena. Éstos son los Espíritus del Arco Iris. Ellos usan sombreros altos adornados con plumas.

Para proteger el poder de sus pinturas, otro espíritu del arco iris rodea tres lados de la pintura de arena con su largo cuerpo. La mayoría de las pinturas de arena están protegidas con bandas de este tipo.

¿Por qué los navajos contaban mitos sobre los Espíritus del Arco Iris? Imagínate que vives en un desierto caliente y seco. ¿Cuál es el recurso natural más importante? Si dices que es el agua, estás en lo cierto. Es por eso que, igual que los navajos, siempre te alegrarías de ver un arco iris. El arco iris es una señal de que ha llegado la lluvia.

◄ Los navajos usaban herramientas como éstas para moler las rocas y plantas con las que hacían colores para sus pinturas de arena. Muchos de los colores los sacaban de los coloridos barrancos donde vivían.

Muchas veces, los navajos usaban los Espíritus del Arco Iris para proteger tres lados de sus pinturas de arena. Lo hacían porque se sentían seguros cuando veían un arco iris. Era una señal de que la lluvia había traído agua para los cultivos.

Fíjate en la pintura de arena de los Espíritus del Arco Iris de la página 106. Puedes ver cuatro plantas regadas por la lluvia.

Frijoles, calabazas, tabaco y maíz crecen entre los espíritus del arco iris. En el cuadrado del centro de la pintura hay símbolos que representan nubes, agua y la luz del sol.

◄ El azabache, un tipo de carbón que se encuentra en el suroeste, se usaba para hacer el color negro de las pinturas de arena.

El agua y la luz del sol le dan vida a la tierra porque hacen que las plantas crezcan. El agua y la luz del sol forman el arco iris en el cielo. Es así como esta pintura de arena, y la historia que cuenta, celebran la belleza de la tierra. ■

■ Describe algunas de las cosas que las pinturas de arena de los Espíritus del Arco Iris nos cuentan sobre la naturaleza.

R E P A S O

1. **TEMA CENTRAL** ¿Por qué la pintura de arena era importante para los navajos?
2. **RELACIONA** Compara la manera en que los navajos veían la naturaleza con la manera en que los cheyenne la veían. ¿En qué se parecen?
3. **RAZONAMIENTO CRÍTICO** ¿Qué destrezas necesitaba un curandero para hacer pinturas de arena?
4. **ACTIVIDAD** Haz un dibujo de una pintura de arena que te gustaría hacer. Puedes incluir cosas del cielo o de la tierra, como la luna, un relámpago, animales, personas, árboles o un río. Cuenta una historia con tu pintura.

Cómo usar la escala

¿Por qué? Un mapa te puede ayudar a llegar de un lugar a otro. La escala de un mapa te sirve para calcular la distancia entre dos lugares.

¿Cómo? Los mapas se dibujan a escala. Una escala se usa para representar la distancia verdadera que hay entre dos lugares en la tierra. Cierta distancia en el mapa representa una distancia más larga en la Tierra. Mira el mapa de la zona alrededor de la aldea de Estrella Brillante en la página siguiente. Busca la escala. Ésta nos muestra que una pulgada del mapa representa una milla de distancia.

Ahora toma tu regla y mide la distancia entre la aldea donde vive Estrella Brillante y el lugar marcado con una A en el arroyo. Los dos lugares están a aproximadamente dos pulgadas de distancia en el mapa. Así que la distancia real entre ellos es de aproximadamente dos millas.

Mide la distancia entre la aldea de Estrella Brillante y el lugar marcado con una B al borde del barranco. ¿A qué distancia están los dos lugares en el mapa? ¿A qué distancia están en realidad? Estrella Brillante puede caminar una milla en media hora. ¿Cuánto tiempo le tomará caminar de su aldea al punto B?

Mide la distancia entre A y B en el mapa. ¿A qué distancia están los dos lugares en el mapa? ¿Cuántas millas es eso en distancia de verdad?

Practica Mide la distancia entre otros puntos del mapa. ¿A qué distancia están en la realidad? Usa tu regla y la escala del mapa para saberlo.

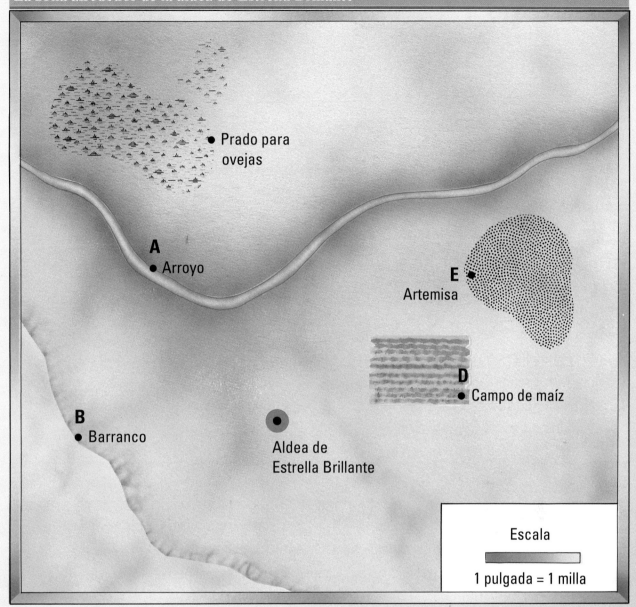

Prado para
ovejas

A
● Arroyo

E ●
Artemisa

D
● Campo de maíz

B
● Barranco

Aldea de
Estrella Brillante

Escala

1 pulgada = 1 milla

Aplícalo   Trabaja con un grupo para hacer un dibujo a escala de tu salón de clase. Necesitarán una cinta métrica y una hoja grande de papel. Usen la cinta métrica para medir la longitud de cada pared. Dibujen la forma del salón de clase a escala en el papel. Una pulgada debe representar un pie de distancia real del salón de clase.

Luego dibujen figuras para representar los objetos grandes del salón, tales como sus escritorios, o pupitres, el escritorio del maestro y los libreros. Traten de poner los objetos en su dibujo más o menos donde están en el salón de clase.

Repaso del capítulo

Repasa los términos clave

adaptación (pág. 101)
cántico (pág. 103)
ganado (pág. 100)

hogan (pág. 99)
pintura de arena
  (pág. 104)

A. Escribe el término clave para cada significado.

1. rezo que se canta
2. casa de los navajos de una habitación
3. pintura hecha con rocas, plantas y otros materiales secos molidos
4. animales que se crían para usarse o cambiarse por otras cosas
5. cambio en la manera de vivir para ajustarse al ambiente

B. Escribe una o dos oraciones para decir por qué cada una de las oraciones que siguen es verdadera.

1. Un hogan es una buena vivienda para el desierto.
2. La crianza del ganado era importante para los navajos.
3. Un cántico navajo era un tipo de medicina.

Explora los conceptos

A. Copia la tabla de abajo. Escribe en la segunda columna varias semejanzas que has estudiado entre los kwakiutl y los navajos. Escribe en la tercera columna varias diferencias.

B. Escribe una o dos oraciones para contestar cada pregunta.

1. ¿Cómo se adaptaron los navajos al desierto?
2. ¿Para qué usaban los navajos sus pinturas de arena?

Pueblos indios	En qué se parecían	En qué eran diferentes
Kwakiutl y Navajos		

Repasa las destrezas

A. Usa una regla y el mapa de la derecha.

1. ¿Cuántas millas hay desde la casa de Luis hasta la escuela? Usa la calle Segunda.

2. ¿Cuántas millas hay desde la escuela hasta la biblioteca? Usa la avenida Maryland y la calle Tercera.

B. Escribe una oración para decir en qué dirección está la casa de Luis desde la biblioteca.

El vecindario de Luis

Avenida Maryland
Escuela
Calle Tercera
Calle Segunda
Biblioteca
Casa
Avenida Washington
Escala
1 pulgada = 1 milla

Usa tu razonamiento crítico

1. Los navajos aprendieron de sus vecinos cómo cosechar y criar ganado. Si no hubieran aprendido, ¿qué hubiera pasado?

2. Los navajos hacían mantas y ropa de lana. ¿Por qué crees que usaban lana?

Para ser buenos ciudadanos

1. **REDACCIÓN** Imagínate que es otro tiempo y vives en un hogan navajo con tu familia. Escribe una historia sobre un día de tu vida. Usa tu imaginación, pero incluye algo de lo que has aprendido sobre la vida del pueblo navajo. Lee tu historia a la clase. Escucha mientras otros niños leen sus historias. Pongan todas las historias en un libro.

2. **TRABAJO EN EQUIPO** Haz un mural de una pintura de arena. Primero la clase puede decidir qué pinturas usar. Algunos pueden dibujar el diseño. Otros pueden pintar. Escojan a un niño para que le hable sobre la pintura de arena a otra clase de la misma escuela.

Unidad 3
La colonización

Miles de años antes de que llegaran los colonos europeos, los indígenas norteamericanos ya vivían aquí. Los colonos construyeron sus primeras casas a lo largo de la costa noreste. Poco a poco, con la llegada de más personas, se fundaron ciudades a lo largo de toda la costa del océano Atlántico. Los colonos que querían tener más espacio se iban al oeste. Viajaban a través de espesos bosques, atravesaban altas montañas, y cruzaban praderas y desiertos por senderos que iban al oeste. Muchos se fueron a la costa del océano Pacífico. Vinieran de Europa o vinieran de la costa del este, todos deseaban lo mismo: llegar a un lugar y tener su propia tierra.

La familia de Moses Speese. Condado de Custer, Nebraska, 1888.
Colección Solomon D. Butcher. Sociedad Histórica del Estado de Nebraska.

Capítulo 7

La colonización del noreste

En 1620, los peregrinos salieron de Inglaterra y después de un largo viaje llegaron a la costa noreste de Norteamérica. Los indígenas les enseñaron cómo adaptarse a la tierra. A medida que llegaban más colonos y crecían las ciudades, muchos dejaron la costa y se establecieron en los bosques del este.

Antes de llegar a Plymouth, los peregrinos desembarcaron cerca del cabo Cod. La única colonia inglesa que había entonces estaba en Virginia.

Día de Acción de Gracias con los indígenas es un cuadro que N.C. Wyeth pintó en lá década de 1940. En este cuadro vemos a los peregrinos compartiendo su primera cosecha con sus amigos indígenas.

Los colonos construyeron esta granja en 1720 en el este de Pennsylvania. En esa época, muchos granjeros vivían en los bosques del noreste.

Alrededor del año 1750, muchas personas se habían ido a vivir al oeste de las ciudades costeras. Los granjeros usaban arados como éste para cultivar las tierras que antes estaban llenas de árboles.

La vida en Plymouth

Términos clave

- colonia
- sobrevivir

➤ *Este cuadro, titulado* Llegada de los peregrinos, *fue pintado poco después del año 1800. Los peregrinos remaban hasta la orilla en pequeños barcos, pero el cuadro es incorrecto al mostrar a los indígenas esperando en la costa. Los peregrinos no se encontraron con los indígenas sino hasta después de la primavera siguiente.*

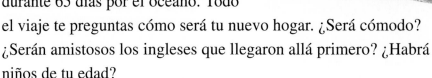 magínate que vives en Inglaterra, hace mucho tiempo. Tu familia decide mudarse a un nuevo hogar muy lejos, de manera que tienes que dejar tu casa y tus amigos. Navegan durante 65 días por el océano. Todo el viaje te preguntas cómo será tu nuevo hogar. ¿Será cómodo? ¿Serán amistosos los ingleses que llegaron allá primero? ¿Habrá niños de tu edad?

Cansado de un viaje lleno de tormentas, por fin ves tierra. Buscas en la costa a los vecinos que esperabas tener, pero no los ves por ninguna parte. Y no puedes seguir buscando. Empieza a hacer frío y debes escoger un lugar donde quedarte. Cuando llegas a la orilla, nadie te recibe. Nadie te ofrece comida ni una cama donde dormir. Con sólo las pocas cosas que tienes, debes comenzar una nueva vida en una tierra fría y desconocida.

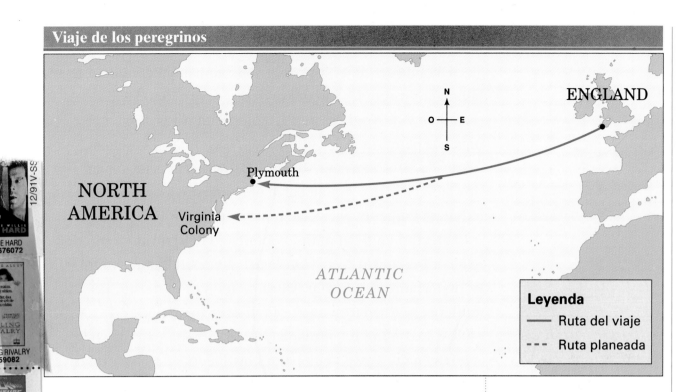

ENGLAND

NORTH AMERICA

Plymouth

Virginia Colony

ATLANTIC OCEAN

Leyenda
—— Ruta del viaje
--- Ruta planeada

El primer invierno de los peregrinos

Así se sentían los peregrinos que salieron de Inglaterra en un barco llamado *Mayflower* en el verano de 1620. Los peregrinos eran personas que no estaban de acuerdo con la Iglesia Anglicana y decidieron irse a vivir a un nuevo lugar.

Los peregrinos pensaban unirse a una colonia que había en Virginia. Una **colonia** es una comunidad gobernada por un país lejano. Pero, el *Mayflower* no siguió la ruta hacia Virginia sino que llegó, en noviembre, a la costa de lo que es hoy Massachusetts.

Al no encontrar a los vecinos que esperaban, los peregrinos buscaron un lugar donde establecerse. Cuatro semanas después, a fines de diciembre, escogieron un lugar y lo llamaron Plymouth, que era una ciudad de Inglaterra. Fíjate en el mapa de arriba qué lejos está Plymouth de la colonia de Virginia.

Plymouth era un lugar rico en recursos naturales. Tenía buena tierra para cultivar y muchos arroyos. Los bosques eran una fuente de madera y de carne de animales. Del mar, los peregrinos sacaban langostas, almejas y peces. Aun así, en aquel primer invierno los peregrinos apenas pudieron **sobrevivir,** es decir, mantenerse con vida. No habían traído suficientes alimentos. Todo lo que pudieron comer durante el invierno fueron unos pocos animales que cazaron.

En otros tiempos

Los historiadores no están seguros de lo que le pasó al Mayflower *después que la tripulación volvió a Inglaterra en la primavera de 1621. Algunos piensan que un granjero inglés compró el* Mayflower *y usó una parte para hacer el techo de un granero, y que el granero aún existe en un pueblo en las afueras de Londres.*

117

Durante su viaje, los peregrinos no habían comido ningún alimento fresco. El frío del invierno destruyó todas las verduras y las frutillas de Plymouth. Sin estos alimentos, muchos peregrinos se enfermaron. Casi todas las semanas dos o tres de ellos morían. Además, los peregrinos no sabían si los indígenas que vivían cerca eran amistosos.

Para empeorar la situación, los peregrinos se habían establecido en Plymouth al comienzo del frío invierno de Nueva Inglaterra *(New England)*. Necesitaban encontrar refugio inmediatamente. Durante todo el invierno, las mujeres se quedaron en el *Mayflower* para cuidar de los niños. Los hombres remaban hasta la orilla para cazar y vivían en cuevas y agujeros en las laderas de las colinas. Con troncos y barro mezclado con piedras y palos construyeron rústicos techos y entradas. Este tipo de vivienda fue todo lo que tuvieron los hombres para protegerse del fuerte frío. ■

■ *Busca hechos que apoyen lo que dice esta oración: El primer invierno que pasaron los peregrinos en América fue muy duro.*

La ayuda de los wampanoag

Cuando llegó la primavera, sólo la mitad de las 102 personas que salieron de Inglaterra estaban todavía con vida. Las mujeres y los niños que habían logrado sobrevivir el invierno se unieron a los hombres que vivían en la costa. Los peregrinos decidieron construir una nueva colonia inglesa en Plymouth. Poco después, conocieron a sus vecinos, los indígenas wampanoag. Sin la ayuda de los wampanoag, los peregrinos no hubieran podido sobrevivir otro invierno. Ellos enseñaron a los peregrinos cómo cultivar frijoles, calabazas y maíz como el que vemos aquí. También les enseñaron a enterrar pescado para hacer más rico el suelo y que crecieran mejor los cultivos. Los wampanoag enseñaron a los colonos dónde y cómo cazar y pescar. Los peregrinos ya no tenían miedo de que los indígenas no fueran amistosos. De hecho, los wampanoag demostraron ser grandes amigos.

Gracias a los wampanoag y a que trabajaron duro, los peregrinos se adaptaron a su nueva tierra. Ese otoño, tuvieron buenas cosechas. Los peregrinos pudieron guardar suficientes alimentos para todo el invierno. Entonces, hicieron una gran cena para dar gracias a Dios e invitaron a los wampanoag a compartir los alimentos que gracias a ellos habían cosechado. Esta fue la primera vez que se celebró el Día de Acción de Gracias. ■

■ *¿Cómo ayudaron los wampanoag a los peregrinos?*

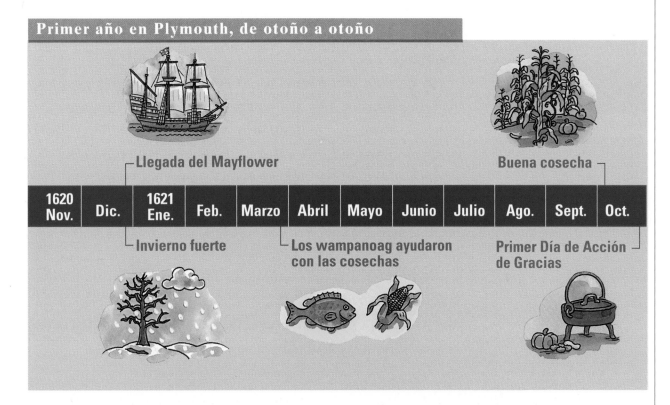

Primer año en Plymouth, de otoño a otoño

Llegada del Mayflower — Buena cosecha —

1620 Nov.	Dic.	1621 Ene.	Feb.	Marzo	Abril	Mayo	Junio	Julio	Ago.	Sept.	Oct.

— Invierno fuerte — Los wampanoag ayudaron con las cosechas — Primer Día de Acción de Gracias —

R E P A S O

1. **TEMA CENTRAL** ¿Qué dificultades tuvieron los peregrinos durante su primer año en la nueva patria?
2. **RELACIONA** Compara los materiales que usaban los navajos para construir sus hogans con los materiales que usaron los peregrinos para construir viviendas ese primer año en Plymouth.
3. **RAZONAMIENTO CRÍTICO** ¿Por qué los primeros meses después de su llegada fueron más duros para los peregrinos que si hubieran llegado en la primavera?
4. **ACTIVIDAD** Fíjate en la línea cronológica de esta página. La línea cronológica muestra el primer año de los peregrinos en Plymouth. Piensa en un año cualquiera de tu vida. ¿Cuándo comenzaste la escuela? ¿Cuándo celebras el Año Nuevo? ¿Cuándo es tu cumpleaños? Haz una línea cronológica. Haz dibujos para mostrar los días que celebras.

Por qué los países tenían colonias

Cuando los peregrinos llegaron a Plymouth, no pensaban en crear un nuevo país con un gobierno nuevo. Al contrario, decidieron que la tierra era parte de Inglaterra. Los peregrinos seguían siendo ciudadanos de Inglaterra, y sus leyes, por lo tanto, eran las leyes inglesas. Este tipo de comunidades, gobernadas por un país lejano, se llaman colonias.

A un país le convenía tener colonias por varias razones. Al tener una colonia, ese país tenía nuevas tierras para cultivos. También tenía madera, oro, plata, aceite, carbón y otros recursos naturales. En la colonia, el país también podía vender sus productos. Finalmente, la colonia producía artículos que el país gobernante podía vender a otros países. Los países con colonias casi siempre se hacían más ricos y poderosos que otros.

Inglaterra era sólo uno de los muchos países que tenían colonias. Francia y España también tenían colonias en Norteamérica y en otros lugares. Hoy en día, la mayoría de las colonias son países libres.

La vida en los bosques del este

La débil luz de un quinqué alumbraba la cabaña de troncos. Eran las 8:00 de la noche, hora de ir a dormir para Marta. Se metió su gorra de dormir hasta las orejas y se deslizó al lado de su hermana que dormía. Los tablones de madera de la cama hicieron ruido. Cada vez que Marta se movía, crujían las hojas secas de maíz que rellenaban el colchón. Durante el verano, las mantas de piel de venado daban picazón porque tenían chinches. Pero esta noche fría de invierno, no había mejor lugar que la cama. Marta se acomodó bajo la piel, escuchó por un momento el silbido del viento entre los árboles, y se quedó dormida.

TEMA CENTRAL

¿Cómo era la vida para las personas que se iban de las ciudades de la costa a las tierras vírgenes?

Términos clave

- tierra adentro
- mercancías
- tierras vírgenes

Mudarse tierra adentro

Poco después de su llegada, los peregrinos y otros colonos empezaron a fundar ciudades en la costa del océano Atlántico. Para el año 1700, había varias ciudades con muchos habitantes. Muchas personas empezaron a irse **tierra adentro**, o sea, lejos de la costa. Muchas familias, como la de Marta, se fueron a los bosques de Pennsylvania. Allí construyeron cabañas de troncos y comenzaron a cultivar la tierra.

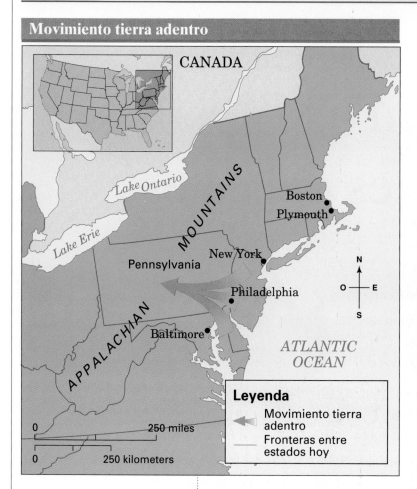

Movimiento tierra adentro

CANADA

Lake Ontario

MOUNTAINS

Boston
Plymouth

Lake Erie

Pennsylvania

New York

APPALACHIAN

Philadelphia

Baltimore

ATLANTIC
OCEAN

N
O — E
S

Leyenda

Movimiento tierra
adentro

Fronteras entre
estados hoy

0   250 miles

0   250 kilometers

Muchos de estos colonos venían de Alemania, Irlanda y Escocia. Se fueron a Pennsylvania por muchas razones. Algunos, como la familia de Marta, querían tener su propia granja.

Esos granjeros cultivaban alimentos para venderlos en las grandes ciudades del este, como Philadelphia. Estas ciudades crecían muy rápidamente y sus habitantes necesitaban más **mercancías**, es decir, cosas y alimentos necesarios para vivir. Busca a Philadelphia en el mapa. ¿En qué otras ciudades cerca de la costa del océano Atlántico podían vender sus alimentos los granjeros?

Los tramperos y cazadores también se fueron tierra adentro. En las ciudades vendían productos del bosque, como pieles y cueros de animales, y plantas especiales que llamaban hierbas finas. Con las pieles y cueros los colonos hacían ropa y mantas. Con las hierbas hacían medicinas. ■

■ *¿Por qué los colonos se iban tierra adentro?*

Las tierras del oeste

La mayoría de las tierras que estaban al oeste de Philadelphia eran vírgenes. **Tierras vírgenes** son aquéllas donde no hay granjas ni edificios. Los indígenas que vivían en esos bosques habían construido aldeas y cultivaban la tierra. Sin embargo, la mayoría de las tierras estaban cubiertas por espesos bosques.

Los granjeros necesitaban espacios abiertos donde construir sus hogares y sembrar. Cuando encontraban un lugar llano cerca de agua dulce, cortaban los árboles. Luego construían cabañas con los troncos. Para sobrevivir en el invierno, los colonos necesitaban una cabaña y una cosecha de maíz.

¿Cómo lo sabemos?

Los colonos de tierras vírgenes estaban muy ocupados, pero aun así tenían tiempo para escribir cartas y diarios. Estos diarios y cartas nos dicen cómo vivían.

122

Los colonos necesitaban dos herramientas importantes para sobrevivir: un hacha y un rifle. Usaban las hachas para cortar los árboles y para cortar leña o troncos para las cabañas. Usaban los rifles para cazar venados, osos, ardillas y pavos. Sin rifles, no habrían comido mucha carne. ■

■ *¿Por qué eran tan importantes las hachas y los rifles para los colonos de las tierras vírgenes?*

La vida diaria

Para sobrevivir, los colonos tenían que hacer ellos mismos casi todo lo que necesitaban. En las ciudades se podían comprar mercancías en las tiendas, pero en las tierras vírgenes no.

La madera era el recurso más importante en la vida diaria de los colonos. Usaban la madera para construir sus cabañas y casi todo lo que había adentro. También hacían vagones, cunas, herramientas, bancos y tazones de madera.

La mayoría de los colonos de las tierras vírgenes vivían lejos unos de otros, pero recorrían muchas millas para reunirse y ayudar a algún vecino nuevo a construir una cabaña. Los colonos aprovechaban estas ocasiones para visitarse. En la página siguiente aprenderás cómo construían las cabañas de troncos.

◄ *Esta mujer cocina la cena en su chimenea. ¿Qué cosas de madera puedes ver en la cabaña?*

Una cabaña de troncos

Piensa en tu casa. ¿Puedes imaginarte cómo se construyó? ¡Qué trabajo! Cuando construían sus casas, los colonos usaban hachas para cortar los árboles y los troncos.

En el extremo de los troncos se cortaba una hendidura en forma de U. Así los troncos quedaban firmes unos sobre otros.

Con la ayuda de los vecinos, los cuatro pasos principales para construir una cabaña de troncos se hacían rápido.
1. Se arrastraban los troncos hasta el sitio en donde iba la cabaña.
2. Se ponían los troncos de la base.
3. Se usaban cuerdas para levantar los troncos de las paredes.
4. Se ponían el techo y la chimenea.

Se hacía una mezcla de barro, musgo y piedras para rellenar los espacios entre los troncos.

En este dibujo de 1796, una señora toma un descanso de su trabajo diario para mirar a su alrededor.

A veces los colonos usaban hachas para sembrar si no tenían herramientas de cultivo.

Después de todo el duro trabajo de construir una cabaña, los colonos tocaban música, comían y se contaban historias. Una cabaña de troncos terminada se veía como la del dibujo.

Como los peregrinos, los colonos de Pennsylvania aprendieron de sus vecinos indígenas muchas cosas útiles. En los bosques de Pennsylvania, esos indígenas eran los delaware.

Al igual que los wampanoag, los delaware sabían usar los recursos naturales. Los delaware enseñaron a los colonos cómo cultivar maíz, frijoles y calabazas. Los indígenas les enseñaron hasta las recetas para cocinar esos alimentos. Los delaware también mostraron a los colonos con qué hierbas se hacían las mejores medicinas. ■

■ *¿Cómo se adaptaban a la tierra los colonos?*

R E P A S O

1. **TEMA CENTRAL** ¿Cómo era la vida para las personas que se iban de las ciudades de la costa a las tierras vírgenes?
2. **RELACIONA** Compara la manera en que los colonos y los kwakiutl dependían de los recursos de los bosques.
3. **RAZONAMIENTO CRÍTICO** Explica cómo te sentirías si tuvieras que ir a vivir a tierras vírgenes.
4. **ACTIVIDAD** Imagínate que tú eres un colono que viaja por tierras vírgenes. Escribe una descripción corta de lo que llevas y de cómo encuentras comida y refugio todos los días.

125

Oraciones con "Si... entonces"

¿Por qué? Has aprendido que muchos colonos se fueron tierra adentro hacia las tierras vírgenes. Ellos lo pensaron mucho antes de hacerlo. Quizás tenían muchas razones para viajar y muchas para no viajar. Es posible que antes de decidir pensaran algo así como: "Si hago esto ahora... entonces podré lograr esto otro después".

¿Cómo? Una oración con las palabras "Si... entonces" es una manera de razonar sobre una acción y sus resultados. Algunos resultados pueden ser buenos. Otros pueden no ser tan buenos.

Por ejemplo, imagínate que una familia pensaba mudarse a las tierras vírgenes. Estos son dos resultados posibles:

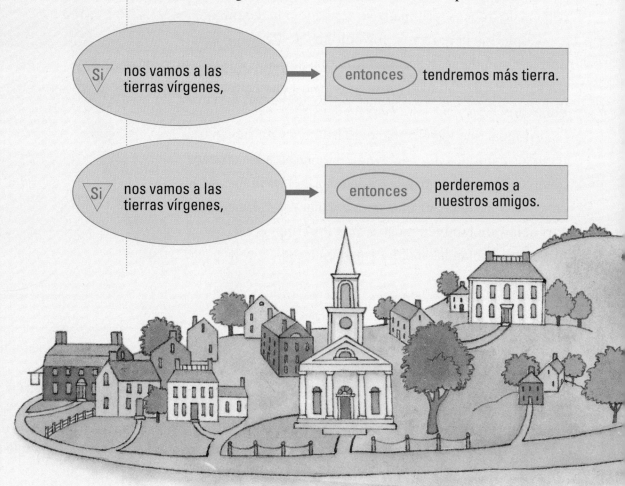

Si nos vamos a las tierras vírgenes, entonces tendremos más tierra.

Si nos vamos a las tierras vírgenes, entonces perderemos a nuestros amigos.

Quizás algunas familias se iban porque para ellos era más importante tener más tierra que vivir cerca de los amigos.

Las oraciones con "Si... entonces" nos pueden servir para tomar una decisión. Estas oraciones nos ayudan a ver que la mayoría de las cosas que hacemos tienen un resultado.

Practica   Piensa en otros dos resultados posibles si una familia se va a tierras vírgenes. Escribe cada resultado en una oración con "Si... entonces". Muéstrales esas oraciones a los niños de tu clase.

Aplícalo   Imagínate que tu familia quiere comprarte un perrito. Piensa en algunos resultados posibles. Luego, escribe oraciones con "Si... entonces" para decir lo que pasaría.

Los primeros colonos

Imagínate que eres un detective. Te han pedido que descubras quiénes fundaron tu comunidad y cómo era hace mucho tiempo. ¿De dónde sacas esa información?

Prepárate Todo detective busca pistas para obtener información. Si te fijas en los nombres de las calles y de los edificios, encontrarás pistas sobre la historia de tu comunidad. Algunos de esos nombres son de las personas que la fundaron.

Descubre Busca en libros para aprender más sobre esos primeros colonos. En algunos libros encontrarás viejos dibujos o fotos. En otros, quizás encuentres viejos mapas de tu comunidad.

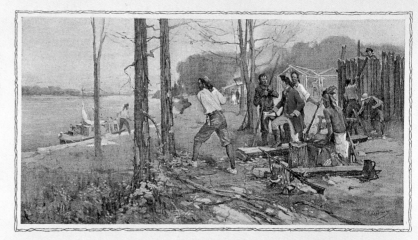

LaClede Landing at Present site of St. Louis

Sigue adelante   Escribe un informe sobre los primeros años de tu comunidad y las personas que la fundaron. Haz algunos dibujos para tu informe.

Explora más   Haz un álbum de los primeros años de tu comunidad con tus compañeros de clase. Pongan en el álbum los informes y dibujos que hicieron. Incluyan una lista de las calles y de los edificios que llevan el nombre de las personas que fundaron la comunidad. Pongan también en el álbum los dibujos y mapas de tiempos pasados que encuentren. Si quieren, pueden regalarle el álbum a la escuela o a la biblioteca de la comunidad.

Repaso del capítulo

Repasa los términos clave

colonia (pág. 117)
mercancías (pág. 122)
sobrevivir (pág. 117)
tierra adentro (pág. 121)
tierras vírgenes (pág. 122)

A. Escribe el término clave que mejor completa cada oración.

1. Los peregrinos no tenían alimentos para _____ el primer invierno.

2. Las _____ son tierras donde no hay granjas ni edificios.

3. Una comunidad gobernada por un país lejano se llama _____.

4. La gente compra _____, o cosas necesarias para vivir.

5. Estamos _____ cuando estamos lejos de la costa.

B. Escribe *verdadero* o *falso* en cada oración de abajo. Si una oración es falsa, escríbela de nuevo para hacerla verdadera.

1. Los wampanoag ayudaron a los peregrinos en su segundo invierno en Plymouth.

2. Los cazadores y los granjeros vendían mercancías en las ciudades.

3. La vida de los colonos fue fácil.

4. Una colonia pertenece a otro país.

5. Las familias que vivían en las tierras vírgenes estaban muy lejos unas de otras.

Explora los conceptos

A. Los peregrinos y los navajos aprendieron de otros pueblos. Copia la tabla de abajo y completa las dos últimas columnas. Tu tabla mostrará qué aprendieron los peregrinos y los navajos y de quién lo aprendieron.

B. Contesta las preguntas con una o dos oraciones.

1. ¿Por qué eran tan importantes las colonias para los países que las gobernaban?

2. ¿Por qué los colonos se iban a las tierras vírgenes donde la vida era tan difícil?

Pueblos	Qué aprendieron	De quién
Los navajos		
Los peregrinos		

Repasa las destrezas

1. Escribe dos oraciones con "Si... entonces" para decir qué pasará si te vas a otra ciudad.
2. ¿Qué accidentes geográficos vemos en el mapa de la derecha?
3. Fíjate otra vez en el mapa de la derecha. ¿En qué dirección está Philadelphia desde la ciudad de New York? ¿Hay menos o más de 250 millas de distancia entre las dos ciudades?

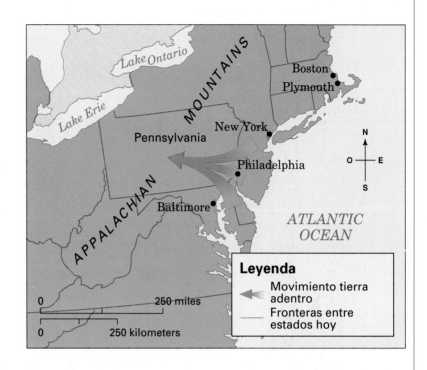

Usa tu razonamiento crítico

1. Si los peregrinos hubieran llegado a un desierto en el verano, ¿habrían sobrevivido más personas en los primeros seis meses? ¿Por qué?
2. Cuando los colonos construían sus viviendas en el bosque, otras personas los ayudaban. ¿Qué podemos hacer para ayudar a los que no tienen vivienda?
3. Los rifles y las hachas eran herramientas importantes para los colonos. ¿Cuáles son las herramientas más importantes hoy en día?

Para ser buenos ciudadanos

1. REDACCIÓN Imagínate que eres un colono en tierras vírgenes. Escribe una carta a un amigo en Inglaterra. Dile lo que haces durante el día.
2. TRABAJO EN EQUIPO Trabaja en grupo con otras niñas y niños. Escojan un hecho en la vida de los peregrinos o de los colonos de Pennsylvania. Representen el hecho para el resto de la clase. La llegada de los peregrinos a Plymouth es uno de los hechos que pueden representar. También pueden representar cómo los colonos construían sus cabañas. Cuando tu grupo termine, el resto de la clase debe adivinar qué representaron. Traten de adivinar lo que otros grupos representen.

Capítulo 8

Más allá de los Apalaches

A medida que las ciudades crecían en el este, muchos colonos recogían todo lo que tenían y se iban hacia el oeste. Los primeros colonos cruzaron los montes Apalaches y se establecieron en Kentucky. Después siguieron otros en carretas por los senderos del oeste hasta llegar a Oregon y California. Colonizar el oeste tomó cerca de cien años, desde unos años antes de 1800 hasta casi el año 1900. Durante esos años, el oeste se convirtió en una tierra de crecimiento y cambio.

Esta cuna fue hecha hacia 1850. Los niños que nacían en el camino hacia el oeste dormían en cunas como ésta.

Oscar Berninghaus pintó *El sendero de Oregon* en 1951. El cuadro muestra cómo las familias hacían el largo viaje a través de los Estados Unidos.

Los hijos de los colonos iban a escuelas como éstas en Kansas. Niñas y niños de diferentes edades tenían el mismo maestro. Esta escuela de un solo cuarto fue construida con grandes bloques de tierra cubiertos de hierba.

Éstos son algunos instrumentos de caza que llevaban los colonos en su viaje hacia el oeste. En la bolsa llevaban balas y otras cosas para cazar. En el cuerno grande llevaban la pólvora para disparar los rifles. El alambre y la brochita eran para limpiar las armas y el cuerno pequeño para medir la pólvora.

El Camino de las Tierras Vírgenes

¿Por qué era tan importante el Camino de las Tierras Vírgenes para los que querían llegar a Kentucky?

Términos clave

- pionero
- desbrozar

➤ *El paso de Cumberland (Cumberland Gap) es un paso natural a través de los montes Apalaches. Miles de colonos cruzaron este paso en su camino a Kentucky.*

*S*ábado, 8 de abril. Armamos los bultos y comenzamos a cruzar el paso de Cumberland como a la una de la tarde. Nos encontramos con mucha gente que regresaba por miedo a los indios, pero nuestra caravana sigue adelante. Sin perder nuestro coraje, llegamos a un riachuelo muy peligroso y tuvimos que cruzarlo varias veces...

William Calk, de su diario, 1775

William Calk tuvo muchas aventuras a lo largo del Camino de las Tierras Vírgenes *(Wilderness Road).* A pesar de los peligros del viaje, Calk estaba decidido a llegar a Kentucky. Era una hermosa tierra con mucho espacio.

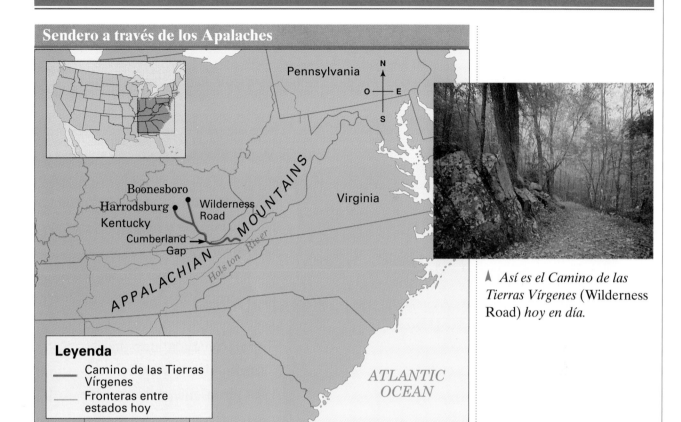

Sendero a través de los Apalaches

Pennsylvania

Boonesboro
Harrodsburg
Wilderness Road
Kentucky
Cumberland Gap
Virginia
APPALACHIAN MOUNTAINS
Holston River

ATLANTIC OCEAN

Leyenda
— Camino de las Tierras Vírgenes
— Fronteras entre estados hoy

▲ *Así es el Camino de las Tierras Vírgenes* (Wilderness Road) *hoy en día.*

Un cruce difícil

William Calk fue un pionero. Un **pionero** es una persona que deja un lugar poblado para irse a vivir a las tierras vírgenes. Alrededor del año 1800, miles de pioneros como Calk se fueron a Kentucky. ¿Por qué se fueron a Kentucky? En primer lugar, la tierra era más barata allí que a lo largo de la costa este. En segundo lugar, tenía un suelo rico para la agricultura. Allí había manadas de búfalos y otros animales. Se decía que había tantos pájaros en Kentucky que podían tapar el sol.

Kentucky ofrecía mucho, pero era difícil y peligroso llegar allí. Fíjate en el mapa y verás cómo los montes Apalaches *(Appalachian Mountains)* bloquean el camino hacia el oeste. Para llegar a Kentucky había que cruzar esas altas montañas.

Había senderos muy estrechos que habían abierto los indígenas o los búfalos al cruzar estas montañas. Los pioneros tenían que seguir esos senderos a pie o a caballo. Los senderos eran tan estrechos que las carretas no podían pasar. ■

■ *¿Por qué los montes Apalaches eran un problema para los pioneros que querían irse al oeste?*

135

Daniel Boone abre el camino

Muchos creen que Daniel Boone fue quien hizo las marcas en esta corteza de árbol en uno sus viajes a través de los Apalaches. Tiene fecha de 1775.

Para poder llegar a Kentucky y colonizarlo, los pioneros necesitaban un camino mejor. Algunas personas compraron tierras de Kentucky a los indígenas cherokee para después vendérsela a los nuevos colonos. Luego esas mismas personas contrataron a Daniel Boone para **desbrozar** un camino, es decir, para que buscara y limpiara el camino que debían seguir los colonos.

Para desbrozar el Camino de las Tierras Vírgenes, Daniel Boone contrató a 30 hombres. Ellos limpiaron el camino desde Virginia hasta Kentucky. Tuvieron que ensanchar los senderos que ya existían. A veces, abrían caminos nuevos y los unían a los viejos.

Boone iba al frente del grupo, dejando señales en los árboles para marcar la ruta. Después, los trabajadores cortaban los árboles y limpiaban la tierra. Fíjate otra vez en el mapa de la página 135. Traza el Camino de las Tierras Vírgenes desde el río Holston hasta el paso de Cumberland. ¿En qué pueblos de Kentucky terminaba el camino? ■

■ *¿Cómo ayudó Daniel Boone a colonizar la tierra al oeste de los montes Apalaches?*

El viaje por el Camino de las Tierras Vírgenes

En 1774, el Camino de las Tierras Vírgenes de Boone ya estaba listo. El viaje por el Camino era más cómodo, aunque todavía era difícil. Los pioneros tenían que cargarlo todo a caballo o en carretas. Cuando llovía, era difícil cruzar los arroyos y los ríos pues se desbordaban. A veces, las ruedas de las carretas se atascaban en el lodo. Era muy difícil reparar las carretas porque los pioneros tenían pocas herramientas y piezas.

A veces los pioneros tenían que regresar a causa de los ataques de los cherokee. Kentucky había sido la tierra de caza de los cherokee durante cientos de años.

Los cherokee habían vendido parte de la tierra, pero algunos pioneros se establecían en lugares que los indígenas no habían vendido. Además, había demasiados colonos. Los cherokee tuvieron que irse aún más hacia el oeste. Estaban perdiendo la tierra donde habían vivido durante cientos de años.

Hasta 1818, cuando se abrieron otros caminos, miles de colonos usaron el Camino de las Tierras Vírgenes. Muchos de los primeros colonos eran los hijos y nietos de los alemanes y de otras familias de pioneros que años antes se habían establecido en los bosques del este de Pennsylvania. ■

■ ¿Por qué era tan difícil el viaje por el Camino de las Tierras Vírgenes?

◄ Este dibujo de una familia de pioneros cruzando los montes Apalaches lo hizo alguien que los acompañaba y que se llamaba Joshua Shaw.

R E P A S O

1. **TEMA CENTRAL** ¿Por qué era tan importante el Camino de las Tierras Vírgenes para los que querían llegar a Kentucky?

2. **RELACIONA** Compara los problemas que tuvieron los colonos de Plymouth con los que tuvieron los pioneros de Kentucky. ¿Qué diferencias había?

3. **RAZONAMIENTO CRÍTICO** Si tú fueras un cherokee y los colonos se establecen en tus tierras de caza, ¿cómo te sentirías?

4. **REDACCIÓN** Escribe una página de diario como si fueras por el Camino de las Tierras Vírgenes. Con tu carreta y caballos tienes que cruzar algunos arroyos profundos y peligrosos. Explica cómo haces para cruzarlos.

Hace muchos años, hombres y mujeres, niñas y niños,
jóvenes y ancianos, salieron para el oeste a buscar nuevas
tierras. Viajar no era fácil. Era difícil encontrar casas y
alimento. Pero siempre encontraban ayuda. Lee este
cuento sobre una familia pionera en Kansas.

LITERATURA

LA CARRETA

Cuento de Barbara Brenner

Dibujos de Don Bolognese

Capítulo 1—LA CUEVA

—Allí está, niños —dijo Papá—. Al otro lado del río
está Nicodemus, Kansas. Allí vamos a construir
nuestra casa. Aquí en el oeste hay tierra gratis para
todos. Lo único que hay que hacer es ir y tomarla.

Habíamos recorrido un largo camino para llegar a
Kansas. Habíamos salido de Kentucky. El viaje había
sido muy largo y muy triste. Mamá murió en el camino.
Ahora sólo quedábamos nosotros cuatro: Papá, Willie,
Chiquitín y yo.

—Vengan, niños. Pisemos suelo libre —dijo Papá. Y
cruzamos el río, con carreta y todo.

Al otro lado nos esperaba un hombre.

—Soy Sam Hickman —dijo—. Bienvenidos al pueblo de Nicodemus.

—Bueno, gracias, hermano —dijo Papá—. ¿Y dónde es que está el pueblo?

—Aquí mismo —dijo el Sr. Hickman. Nosotros no veíamos ninguna casa, pero sí vimos humo que salía de unos agujeros en la pradera.

—¡Caramba! —exclamó Papá —. Los agujeros en el suelo son para los conejos y las serpientes, no para los negros libres. Yo soy carpintero. Puedo construir buenas casas de madera para este pueblo.

—No hay tiempo para construir casas de madera ahora —le dijo el Sr. Hickman a mi Papá—. Ya llega el invierno. Y el invierno en Kansas es *cruel*. Mejor hagan una cueva antes de que se congele el suelo.

Papá sabía que el Sr. Hickman tenía razón. Sacamos nuestras palas y empezamos a cavar.

No era gran cosa: pisos de tierra, paredes de tierra, sin ventanas. Y el techo era sólo de hierba y ramas. Pero cuando el viento comenzó a silbar a través de la pradera, nos sentimos contentos de tener la cueva.

Todas las noches Willie encendía el quinqué y hacía una hoguera. Yo cocinaba un guisado de conejo o pescado frito, recién pescado en el río. Después de la cena Papá siempre decía:

—¿Qué tal si cantamos?

Y sacaba su banjo y... ¡*Tararín!* ¡*Tararán!* Bien pronto nos sentíamos a gusto.

Capítulo 2—LOS INDIOS

Llegó el invierno. Y aquel invierno de Kansas sí que fue cruel. Nevaba día tras día. No podíamos cazar ni pescar. No teníamos más guisado de conejo. No se podía pescar más en el río. Lo único que teníamos era harina de maíz.

Un buen día se acabó la harina. No quedaba ni un bocado de comida en todo el pueblo de Nicodemus. Y tampoco quedaba nada para hacer una fogata. Chiquitín lloraba y lloraba de tanto frío y hambre que sentía. Papá lo envolvió en mantas.

—Ya, hijito —dijo Papá —. Trata de dormir. Pronto llegará la caravana con las provisiones —agregó. Pero la caravana con las provisiones no llegaba. No llegó ni ese día ni al día siguiente.

Al tercer día oímos caballos. Papá se asomó a la entrada para ver quién era.

—¡Dios mío! ¡Indios! —dijo. ¡Estábamos *tan* asustados! Ya todos habíamos oído historias sobre los indios. Yo traté de ser valiente.

—Traeré mi pistola, Papá —le dije.

Pero Papá dijo: —Espera, Johnny. Espera a ver qué hacen.

Nos quedamos espiando desde la cueva.

Todos en Nicodemus espiábamos a los indios. Primero, los indios hicieron un círculo. Luego cada indio sacó algo de su alforja y lo dejó caer al suelo. Los indios, montados en sus caballos, dieron la vuelta y se dirigieron hacia las cuevas.

—¡Ahora vienen por nosotros! —gritó Willie.

Levantamos nuestros rifles, pero los indios pasaron de largo y siguieron su camino. Esperamos un largo rato para estar seguros de que se habían ido. Luego todos salimos y corrimos en la nieve para ver qué habían dejado los indios. ¡Era COMIDA! Todos hablábamos a la vez.

—¡Miren! ¡Carne de venado fresca! ¡Pescado! ¡Frijoles secos y calabazas! ¡Y leña!

Hubo una gran cena en Nicodemus esa noche.
Pero antes de comer, Papá nos dijo:

—Johnny, Willie, Chiquitín, quiero que
recuerden este día. Si alguien habla mal de los
indios, díganle que los osage nos salvaron la vida
en Nicodemus.

Caminos hacia el oeste

En el Monumento Nacional de Scotts Bluff, en el oeste de Nebraska, Samuel camina a lo largo del sendero. Trata de imaginarse los miles de carretas que viajaron por ese sendero hace más de cien años. Piensa en la emoción que sintieron los pioneros cuando llegaron a Scotts Bluff.

Los pioneros tardaban semanas en atravesar las Grandes Llanuras. La tierra cubierta de hierba parecía siempre igual milla tras milla. Los pioneros no podían saber qué distancia habían recorrido ni cuánto les quedaba por recorrer. Scotts Bluff era la primera señal que estos cansados viajeros tenían de que su largo viaje a través de la llanura pronto llegaría a su fin. Scotts Bluff también marcaba el principio del viaje por las montañas Rocosas.

Hacia el oeste

Desde que empezó la colonización, los colonos habían viajado hacia el oeste. Primero fueron a lugares como el oeste de Pennsylvania. Luego fueron más hacia el oeste, a Kentucky y a Missouri. El sendero que Samuel vio lo hicieron los colonos que iban hacia el oeste hasta Oregon. Muchos de esos pioneros eran hijos, nietos y bisnietos de los primeros pioneros.

Muchos pioneros fueron al oeste para escapar de las regiones pobladas del este, o para establecer granjas en las tierras baratas del oeste. Otros fueron al oeste para trabajar como mineros. Los mineros son personas que excavan la tierra para sacar oro, plata y otros materiales valiosos. Otros más fueron al oeste para comprar y vender mercancías.

▼ *Para los pioneros era peligroso cruzar los ríos pues corrían con mucha fuerza y tenían rocas y hoyos.*

El viaje desde el este hacia el lejano oeste era difícil. Primero, los pioneros tenían que atravesar las Grandes Llanuras. Esta enorme región plana y cubierta de hierba se extiende por cientos de millas. Era difícil conseguir alimentos y agua. Algunos de los ríos que tenían que cruzar eran peligrosos.

Los pioneros que iban hacia la costa del océano Pacífico tenían que atravesar altas montañas, a veces cubiertas de nieve. Aquéllos que iban hacia el suroeste tenían que cruzar el desierto, donde había pocos alimentos y poca agua. ■

■ *¿Por qué los pioneros iban al oeste? ¿Por qué era tan difícil el viaje?*

El sendero de Santa Fe

Había varios senderos para ir al oeste. La mayoría de los viajeros usaban el sendero de Santa Fe o el sendero de Oregon.

El sendero de Santa Fe, que se abrió en 1821, medía 780 millas de largo. Comenzaba en Independence, Missouri, y atravesaba las Grandes Llanuras. Luego, en vez de pasar por las montañas Rocosas, iba hacia el suroeste, cruzaba el desierto Cimarrón y terminaba en Santa Fe, New Mexico. Más tarde este sendero se extendió de Santa Fe a Los Ángeles, California. Traza la ruta del sendero de Santa Fe en el mapa de la página 149.

La mayoría de los viajeros que usaban el sendero de Santa Fe eran comerciantes. Llevaban al oeste telas, herramientas para las granjas y otras mercancías que traían del este. Cuando llegaban al oeste, vendían sus mercancías y compraban pieles, oro, plata y otras cosas. Finalmente regresaban al este para continuar comprando y vendiendo. ■

El sendero de Oregon

A diferencia del sendero de Santa Fe, por el sendero de Oregon sí viajaban familias. La mayoría de las familias iban al oeste para establecer granjas y construir hogares.

Mira el mapa otra vez. Fíjate que el sendero de Oregon también comenzaba en Independence, Missouri. Desde allí recorría 2,000 millas en dirección al noroeste. Atravesaba las Grandes Llanuras y pasaba sobre las montañas Rocosas por el paso Sur.

Los pasos hacían más fácil el viaje hacia el oeste. Un **paso** es un punto bajo por donde se pueden cruzar las montañas. Después de atravesar el paso Sur, los viajeros podían seguir su viaje hacia lo que hoy es el estado de Oregon.

■ *¿Por qué usaban el sendero de Santa Fe los comerciantes?*

▼ *Estas carretas quizás estaban más llenas antes de llegar a las montañas. Muchas veces, cuando los pioneros cruzaban las montañas, tenían que tirar algunas cosas para que las carretas pesaran menos y fuera más fácil seguir adelante.*

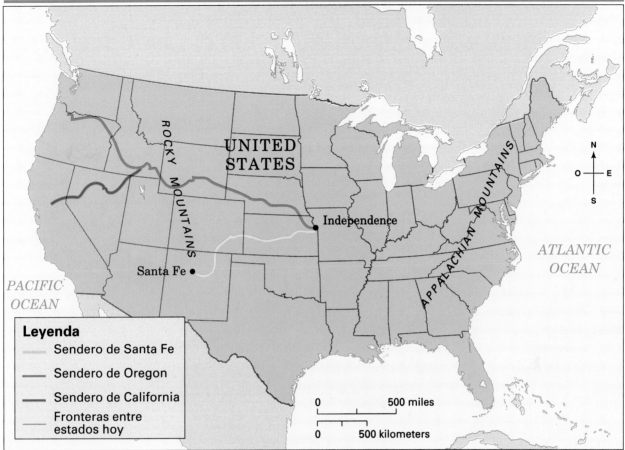

Leyenda
— Sendero de Santa Fe
— Sendero de Oregon
— Sendero de California
— Fronteras entre estados hoy

Algunas personas usaban el sendero de Oregon para ir a California. Esperaban encontrar oro cuando llegaran. Esos viajeros se desviaban hacia el sur desde el sendero de Oregon para seguir por el sendero de California.

Las familias pioneras viajaban por el sendero de Oregon en **caravanas de carretas.** A veces cientos de familias iban por el sendero en una larga fila de carretas que tiraban bueyes y mulas. Con cada caravana viajaba un guía. El guía sabía dónde encontrar alimento, agua y buenos lugares donde acampar.

Los viajeros del sendero de Oregon no podían casi parar. Tardaban entre cuatro y seis meses en llegar al final del sendero. Tenían que cruzar las montañas Rocosas antes del invierno. De lo contrario, con la nieve y el hielo, podían quedar atrapados en las montañas. La mayoría de las caravanas no se movían más de 15 millas por día y paraban sólo al mediodía y al caer la noche. Si había un accidente, o si se rompía algo, también tenían que parar. Lee "En ese momento", en la página siguiente, y conoce a una pionera en una de esas paradas.

¿Cómo lo sabemos?

A veces, los pioneros del sendero de Oregon paraban en Independence Rock, en Wyoming. Al llegar, algunos viajeros grababan sus nombres en la roca. Lo sabemos porque todavía hoy podemos leer esos nombres.

Una pionera en el sendero de Oregon

*4:50 de la tarde, 7 de mayo de 1843
En las orillas del río Platte,
en el centro de Nebraska*

Chal

La mamá de esta pionera usó este chal cuando vino a Norteamérica desde Irlanda. El chal hace otro viaje largo ahora, en los hombros de esta pionera, camino al oeste.

Leña

Las ramas del álamo hacen un buen fuego y esta pionera quiere mantenerlo encendido durante varias horas. Después de la cena, sus nuevos amigos y su familia se reunirán alrededor de la hoguera.

Pedernal

En su bolsillo lleva un pedazo de pedernal. Esta piedra hace chispas cuando se frota contra una barra de metal. Así enciende la fogata para cocinar pescado fresco del río Platte.

Vestido

Este vestido, que era nuevo al comenzar el viaje, ahora está cubierto del polvo de la pradera. Ella espera que pronto la caravana haga una parada larga para tener tiempo de lavarlo. Los otros vestidos que lleva en su carreta son muy finos para usarlos en el viaje.

Zapatos

Antes de dejar su granja en Ohio, compró estos fuertes zapatos de cuero. El vendedor le dijo que durarían mucho, aun en los rocosos senderos de las montañas.

◄ *Ésta es una de las pocas fotos que existen de viajeros en el sendero de Oregon.*

▼ *En esta caja hay medicinas hechas con hierbas. Los pioneros llevaban medicinas por si alguien se enfermaba o se lastimaba.*

El viaje hacia el oeste por el sendero de Oregon era difícil. Era difícil encontrar alimentos, agua y leña. A veces los indígenas ayudaban a los pioneros diciéndoles adónde ir, o intercambiando cosas con ellos. Sin embargo, no todos los indígenas eran amistosos. Algunos pensaban que los colonos los estaban obligando a abandonar sus tierras. Éstos eran los que a veces atacaban una caravana de carretas. Los pioneros también morían a causa de accidentes y enfermedades que tenían durante el viaje.

Los días se hacían largos y difíciles, pero las caravanas continuaban su marcha. La esperanza de los pioneros era comenzar una nueva vida en el oeste. ■

■ *¿Cómo era la vida por el sendero de Oregon?*

R E P A S O

1. **TEMA CENTRAL** ¿Por qué la gente viajaba por el sendero de Oregon y por el sendero de Santa Fe?

2. **RELACIONA** ¿En qué se parecían el viaje de los Peregrinos del *Mayflower* y el viaje de los pioneros que iban hacia el oeste por los senderos? ¿Qué diferencias había entre los dos viajes?

3. **RAZONAMIENTO CRÍTICO** ¿Qué crees que era lo más difícil en la vida de los pioneros? ¿Qué era lo más emocionante?

4. **REDACCIÓN** Imagínate que vives hace cien años y tú y un grupo de amigos quieren irse al oeste. Necesitan un guía para la caravana. Escribe un párrafo corto para decir qué tipo de persona necesitan.

¡Carga tu carreta para ir a Oregon!

¿Por qué?

Imagínate que estamos en el año 1840. Te vas a mudar con tu familia al oeste. El viaje tomará de cuatro a seis meses. Tienen que cargar todo lo que van a llevar en una carreta. Tendrán que llevar algunos alimentos, ollas, sartenes y otras cosas. Dentro de la carreta hay poco lugar: mide alrededor de 16 pies de largo y 5 pies de ancho. ¿Qué vas a escoger para llevar?

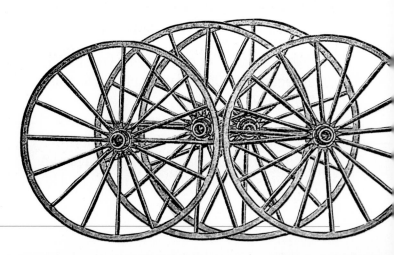

¿Cómo?

Piensa en las cosas que necesitaba una familia de pioneros. Fíjate en las fotos y dibujos de esta página y de la página 152 para tener una idea. ¿Qué otras cosas vas a llevar en tu carreta? ¿Por qué llevas esas cosas?

Practica

Trabaja con otra niña o con otro niño. Hagan una lista de todas las cosas que quieren llevar en su carreta. Hagan una lista de las cosas que necesitan. También hagan una lista de las cosas que llevarían si hubiera más espacio.

Aplícalo

Si en tu carreta hubiera espacio sólo para cinco cosas, ¿qué cosas escogerías para llevar? Di por qué escogerías cada una.

Uno de los primeros pueblos de la pradera

A veces los vaqueros cantaban mientras arriaban ganado por la pradera. Esta canción, "El viejo sendero de Chisholm" (*The Old Chisholm Trail*), era una de sus favoritas.

¿Por qué Abilene era un pueblo ganadero?

Términos clave

- población
- centro de comercio

➤ *Nat Love fue un famoso vaquero que arrió ganado por las praderas durante casi 20 años.*

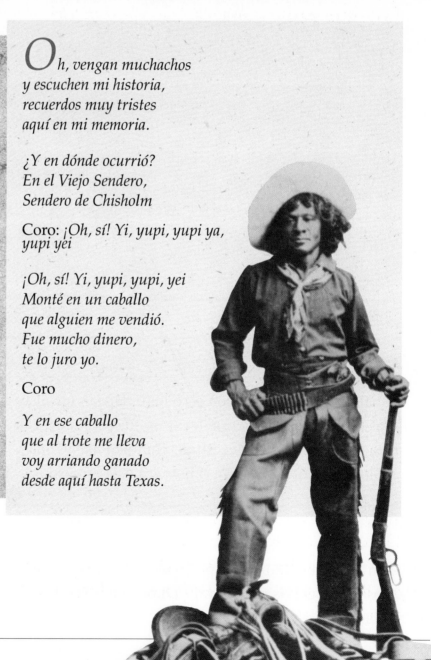

*Oh, vengan muchachos
y escuchen mi historia,
recuerdos muy tristes
aquí en mi memoria.*

*¿Y en dónde ocurrió?
En el Viejo Sendero,
Sendero de Chisholm*

Coro: ¡Oh, sí! Yi, yupi, yupi ya, yupi yei

*¡Oh, sí! Yi, yupi, yupi, yei
Monté en un caballo
que alguien me vendió.
Fue mucho dinero,
te lo juro yo.*

Coro

*Y en ese caballo
que al trote me lleva
voy arriando ganado
desde aquí hasta Texas.*

Las comunidades del oeste

Los vaqueros cantaban canciones como *"The Old Chisholm Trail"* para pasar el tiempo y tranquilizar al ganado. Los vaqueros fueron de los primeros en llegar a las praderas desde el este. Pero a medida que la **población,** es decir, el número de personas, de los Estados Unidos creció en la década de 1860, más y más gente se fue al oeste.

Mucha gente fue en ferrocarril a las praderas de Illinois, Missouri y Kansas. Junto a las vías del ferrocarril iban surgiendo pueblos. Muchas personas se fueron al oeste para establecer granjas o para comenzar negocios y así prestar servicios a la creciente población que ya vivía allí. Con el ferrocarril, los rancheros del oeste podían llevar ganado a los mercados del este. ■

■ *¿Por qué comenzaron a surgir pueblos en las praderas?*

▲ *Ésta es una vista de Abilene, Kansas, cuando era un importante pueblo ganadero.*

El crecimiento de Abilene

Abilene, Kansas, fue un pueblo que creció muy rápido. El sendero de Chisholm iba desde San Antonio, Texas, hasta Abilene. Se usaba para llevar el ganado de Texas a Kansas. El ferrocarril también fue muy importante en el crecimiento de Abilene. Por varios años el ferrocarril sólo llegaba hasta Abilene. Por estar al final del

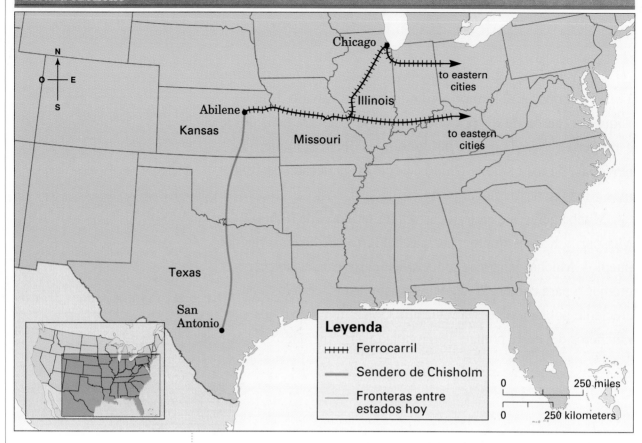

Chicago

N
O — E
S

Abilene

Kansas

Illinois

Missouri

to eastern cities

to eastern cities

Texas

San Antonio

Leyenda

⊩⊩⊩⊩ Ferrocarril

───── Sendero de Chisholm

───── Fronteras entre estados hoy

0   250 miles
0   250 kilometers

sendero de Chisholm y al final del ferrocarril, Abilene se convirtió en un importante pueblo.

La gente del este necesitaba carne de res. Los vaqueros llevaban el ganado desde Texas hacia el norte, por el sendero de Chisholm, hasta Abilene. Allí se cargaba el ganado en trenes y se mandaba a Chicago, donde se preparaba para venderlo como carne en el este. Traza en el mapa las rutas para llevar el ganado desde San Antonio hasta las ciudades del este.

Cuando alguien visitaba Abilene hace cien años, se daba cuenta inmediatamente de que era un pueblo ganadero. ¡Había vaqueros y ganado por todas partes! Felices de haber acabado un largo viaje con el ganado, los vaqueros se paseaban por las calles. Se oía el ruido que hacía el ganado en los corrales y cuando subía por las rampas a los trenes.

Muchos negocios se mudaron a Abilene, que creció y cambió rápidamente. Dejó de ser un pequeño pueblo de pradera y se convirtió en un activo **centro de comercio,** es decir, un lugar para hacer negocios. Los granjeros de las cercanías vendían alimentos a los vaqueros. Hoteles, tiendas y otros negocios ofrecían a los vaqueros dónde comer, dormir y comprar mercancías. ■

En otros tiempos

Los vaqueros de hoy en día tienen una vida muy diferente. Hoy en día algunos vaqueros usan helicópteros para buscar ganado perdido. También llevan el ganado de un lugar a otro en camiones.

■ *¿Por qué creció Abilene tan rápidamente?*

Los vaqueros se van

En 1871 se dejó de llevar ganado a Abilene. La gente y los negocios comenzaron a irse. Abilene ya no era un activo centro de comercio. La gráfica muestra el cambio en la cantidad de ganado que pasaba por Abilene.

El negocio del ganado en Abilene terminó por muchas razones. Algunos colonos de Abilene no se llevaban bien con los vaqueros. Además, se prohibió que el ganado de Texas esperara los trenes en las praderas de Kansas cerca de Abilene. El ganado de Texas tenía una enfermedad que hacía mucho daño al ganado de las llanuras del norte. A los rancheros de Texas no les gustaba esta nueva ley en contra de su ganado.

La razón más importante por la que terminó el negocio del ganado en Abilene fue que se construyeron nuevos ferrocarriles. Los nuevos ferrocarriles iban a otras ciudades que quedaban más cerca de donde se criaba el ganado. Los vaqueros ya no tenían que llevar el ganado hasta Abilene para usar el ferrocarril.

Hoy en día, se puede visitar Abilene para conocer su interesante pasado. Para muchos visitantes tiene que ser difícil creer que hace mucho tiempo las calles de esta ciudad estaban llenas de vaqueros. ■

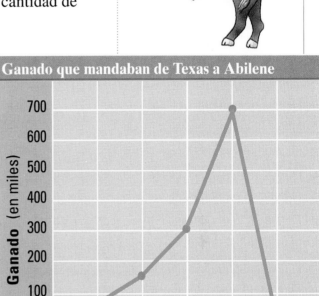

Ganado que mandaban de Texas a Abilene

Ganado (en miles)

700
600
500
400
300
200
100
0

1868 1869 1870 1871 1872

Año

■ *¿Por qué terminó el negocio del ganado en Abilene?*

R E P A S O

1. **TEMA CENTRAL** ¿Por qué Abilene era un pueblo ganadero?

2. **RELACIONA** Busca en el mapa de la página 149 y en el mapa de la página 156 los senderos de Santa Fe, Oregon y Chisholm. ¿Cuál de ellos pasa por más estados?

3. **RAZONAMIENTO CRÍTICO** ¿Qué tipos de negocios crees que sufrieron más cuando los vaqueros dejaron de ir a Abilene?

4. **ACTIVIDAD** Haz un dibujo de algunas de las cosas que podrías haber visto en Abilene en 1870. Luego haz un dibujo que muestre cómo cambiaron la población y los negocios en el año 1872.

Cómo usar las cuadrículas

¿Por qué? Los mapas sirven para encontrar cualquier lugar en la Tierra. Si buscas a Wichita, Kansas puedes leer todos los nombres en un mapa de Kansas hasta encontrarla. Si usas la cuadrícula del mapa, es más rápido y mejor.

¿Cómo? Una cuadrícula está formada por hileras y columnas que se cruzan. Fíjate en esta cuadrícula. Las columnas tienen números. Las hileras tienen letras.

Usa la cuadrícula para encontrar a Wichita. Primero busca la hilera C. Luego busca la columna 5. Mueve el dedo por la hilera C hasta que llegues a la columna 5. Wichita está en ese cuadro.

¿Puedes encontrar a Dodge City en el mapa de Kansas? Está en el cuadro C3. ¿Qué ciudad está en el cuadro B6 del mapa? ¿En qué cuadro del mapa está Topeka?

Kansas

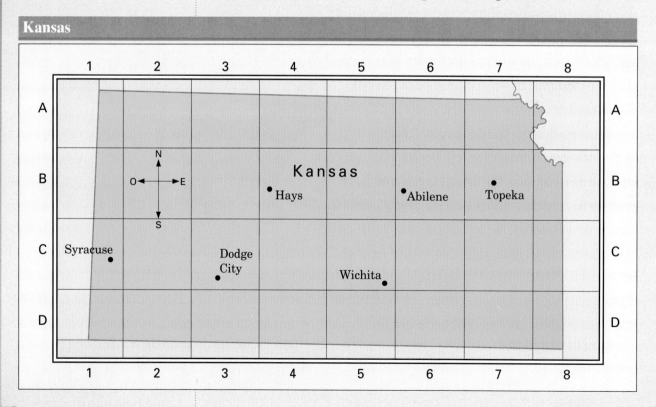

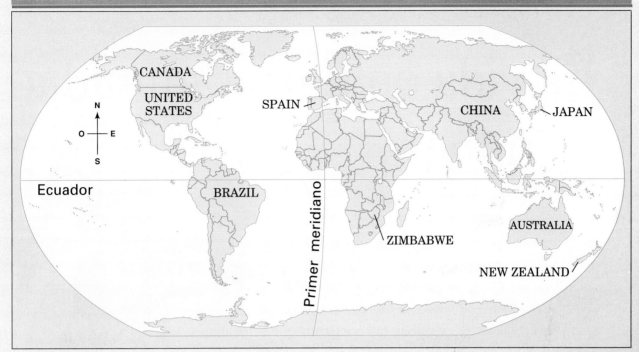

En los mapas y en los globos terráqueos se pueden dibujar muchas líneas para hacer cuadrículas. Una de estas líneas le da la vuelta al mundo justo a la mitad entre el Polo Norte y el Polo Sur. Esta línea es el ecuador. Otra línea va del Polo Norte al Polo Sur. Es el primer meridiano. Éstas son las dos líneas más importantes en las cuadrículas de los mapas y los globos terráqueos.

Mira el mapa del mundo que aparece en esta página. Busca a los Estados Unidos *(United States)*. ¿Están al norte o al sur del ecuador? ¿Están los Estados Unidos al este o al oeste del primer meridiano?

Practica Trabaja con otro niño. Usa el mapa del mundo de esta página. Tomen turnos para nombrar lugares. Hagan que la otra persona diga si ese lugar está al norte o al sur del ecuador y al este o al oeste del primer meridiano.

Aplícalo Usa el mapa del mundo de las páginas 232 y 233. Nombra tres países por donde pasa el ecuador. Nombra otros tres países por donde pasa el primer meridiano.

La vida en una comunidad minera

Términos clave

- veta
- mineral
- auge

—¡**S**omos ricos! ¡Somos ricos! —gritaron los dos mineros en 1878. Estaban tan contentos que brincaban de emoción.

Sólo unos días atrás, los dos hombres habían entrado en una tienda de Leadville, Colorado. Tenían la ropa rota y cargaban todo lo que poseían. Habían llegado a Leadville con la esperanza de encontrar plata.

Los dos hombres le pidieron mercancías al dueño de la tienda. Como no tenían dinero, quedaron en que le darían al dueño la tercera parte de la plata que encontraran.

Después los dos hombres se fueron a las colinas. Como hacía calor, comenzaron a excavar en un lugar sombreado. Pocos días más tarde, después de haber excavado 27 pies bajo tierra, encontraron una **veta,** o franja, de plata en la tierra. Si hubieran excavado sólo un poco más allá en cualquier dirección, no habrían encontrado plata.

Ahora los dos hombres, que vestían harapos, eran tan ricos como reyes. ¡Y el dueño de la tienda también estaba muy feliz!

Las riquezas de las montañas Rocosas

Leadville no fue el único lugar en las montañas Rocosas (*Rocky Mountains*) donde se encontró oro y plata. El mapa de abajo muestra que se encontraron minerales en muchos lugares. Los **minerales** son materiales como el oro y la plata que se encuentran en la tierra. Cuando se supo que había minerales, gente de todas partes del país fue a buscar plata a las Rocosas.

Surgieron pueblos cerca de las minas. La población de estos pueblos mineros creció aún más cuando se construyó el ferrocarril a través de las montañas. El ferrocarril llevaba mineros, hombres de negocios y las pesadas máquinas que se usaban en las minas. Estos pueblos mineros fueron los primeros grandes pueblos en las montañas Rocosas. ■

▼ *Leadville, Colorado, fue uno de muchos pueblos mineros de las montañas Rocosas. Esta foto fue tomada en 1901.*

■ *¿Por qué surgieron muchos pueblos en las montañas Rocosas?*

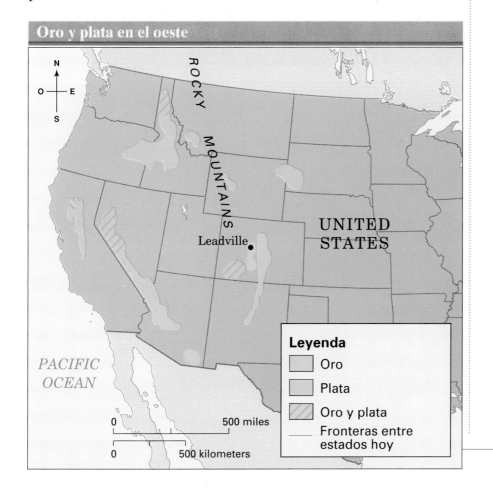

Oro y plata en el oeste

N
O — E
S

ROCKY MOUNTAINS

UNITED STATES

Leadville

PACIFIC OCEAN

Leyenda

- Oro
- Plata
- Oro y plata
- Fronteras entre estados hoy

0   500 miles

0   500 kilometers

La plata de lugares como Leadville se usaba para hacer muchas cosas bellas. Esta taza de plata perteneció a un niño llamado Richard.

Cuando los dos mineros encontraron plata, ya Leadville estaba pasando por un auge. Un **auge** es un período de mucha prosperidad ecomómica. La noticia de la plata se había regado rápidamente y la gente llegaba por montones. Algunos venían con la esperanza de encontrar plata. Otros venían a ganar dinero como trabajadores en minas de las que no eran dueños. Los hombres de negocios venían a establecer tiendas, hoteles y teatros para los nuevos habitantes. ¡En un solo año, la población de Leadville aumentó de 300 a 5,000 personas!

Cerca de Leadville se encontraron varias vetas de plata. En menos de un año, ya había 12 minas de plata en la zona. También había minas de oro, cobre y otros minerales. En un momento hubo más de 240 minas en los alrededores de Leadville.

Los residentes ricos de Leadville vivían muy bien, pero no todo el mundo ganó mucho dinero. Muchas de las personas que llegaron a Leadville jamás encontraron ni plata ni ningún otro mineral valioso. Muchos de los trabajadores de las minas ganaban muy poco dinero. ■

■ *¿Quiénes llegaron a Leadville cuando se encontró plata?*

➤ *En esta empresa de Leadville, la plata se derretía para formar barras. Luego, se podían hacer monedas, platos, tazas y otros artículos.*

El fin de la plata

El auge de Leadville no duró mucho tiempo. Como muestra la tabla de esta página, en el año 1916 Leadville ya había perdido gran parte de su población. Una razón fue que bajó el precio de la plata. Como los dueños de las minas ya no ganaban tanto dinero vendiendo plata, no les podían pagar a sus trabajadores igual que antes. Los trabajadores buscaron nuevos trabajos donde ganaban más dinero.

La gente también se fue de Leadville porque ya se había sacado de la tierra casi toda la plata y no encontraban más. También se fueron a otros lugares para buscar minerales o para trabajar en otras minas. Muchos negocios cerraron porque sus clientes se habían ido.

Leadville no desapareció, pero sus días de auge habían terminado. Sin embargo, todavía atrae a muchos visitantes. Ellos van a Leadville a disfrutar de las montañas y a conocer la interesante historia de los pueblos mineros del oeste.■

Población de Leadville	
Año	**Población**
1877	300
1878	5,000
1879	30,000
1900	12,500
1916	4,500
Presente	4,000

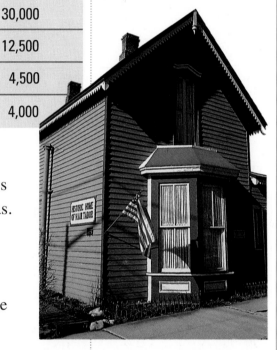

▼ *La casa de Horace Tabor todavía existe en Leadville. Horace Tabor se hizo rico con las minas de plata que había en los alrededores de Leadville antes de 1900. Aquí los visitantes se pueden informar sobre su vida.*

■ *¿Por qué Leadville volvió a ser un tranquilo pueblo de montaña?*

R E P A S O

1. **TEMA CENTRAL** ¿Por qué tuvo un auge Leadville?
2. **RELACIONA** Compara cómo cambiaron los negocios de Abilene, Kansas, y de Leadville, Colorado.
3. **RAZONAMIENTO CRÍTICO** Imagínate que acabas de llegar a Leadville y que quieres ser minero. ¿Qué le puedes preguntar a la gente del pueblo sobre Leadville y sobre la minería?
4. **ACTIVIDAD** Imagínate que vives en el este en 1879. Has oído hablar de Leadville y de sus minas de plata, y alguien te ha regalado un boleto de ferrocarril para que vayas. ¿Usarías el boleto? Consulta tu respuesta con otros niños de tu clase.

Repaso del capítulo

Repasa los términos clave

auge (p. 162)
caravana de
   carretas (p. 149)
centro de
   comercio (p. 156)
desbrozar (p. 136)

mineral (p. 161)
paso (p. 148)
pionero (p. 135)
población (p. 155)
veta (p. 160)

A. Escoge la palabra que mejor completa cada oración.

1. Los pioneros cruzaron (un paso, una veta) a través de las altas montañas.

2. Casi siempre (un mineral, una población) se encuentra bajo tierra.

3. Una franja de mineral es (un pionero, una veta).

4. Los (marineros, pioneros) dejaron las ciudades y se fueron a las tierras vírgenes.

5. Cuando no se encontraba más plata, (la población, el paso) de Leadville bajo.

6. Los pioneros iban por el sendero de Oregon en (barcos, caravanas de carretas).

7. En (una caravana de carretas, un centro de comercio) se venden mercancías.

8. Daniel Boone (estableció, desbrozó) caminos para que los pioneros de Virginia pudieran llegar a Kentucky.

9. (Un auge, un mineral) es un período de prosperidad económica.

Explora los conceptos

1. Los pioneros se fueron a Kentucky y a otros lugares por distintas razones. Copia la tabla y complétala para mostrar por qué se fueron.

2. Di por qué el trabajo que hizo Daniel Boone en el Camino de las Tierras Vírgenes fue importante para los pioneros que se fueron al oeste.

3. Nombra tres problemas que tuvieron los pioneros en el sendero de Oregon.

4. ¿Cómo el ferrocarril hizo que creciera el pueblo de Abilene?

Adónde se mudaron	Por qué se mudaron
Kentucky	
Leadville	
Oregon	
Santa Fe	

Repasa las destrezas

1. Fíjate en este mapa de New Mexico. Usa la cuadrícula para decir en qué zona está Santa Fe. ¿Dónde está Gallup? ¿Y Hobbs?

2. Usa el mapa político de las páginas 232 y 233 para nombrar dos países que están al sur del ecuador.

3. Mira el mapa de la página 156. ¿En qué dirección vas si viajas de Abilene a San Antonio?

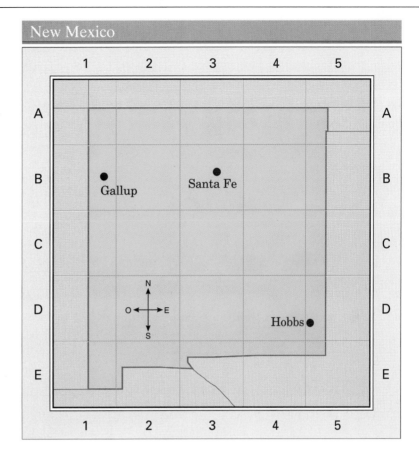

New Mexico

Usa tu razonamiento crítico

1. A veces se rompía una carreta en los senderos y no se podía reparar. ¿Qué crees que hacían los pioneros cuando se rompían sus carretas?

2. Cuando no se encontraban más minerales en Leadville, los mineros no tenían trabajo y muchas personas tuvieron que irse. ¿Adónde crees que se fueron? ¿Qué crees que hicieron para ganarse la vida?

Para ser buenos ciudadanos

1. **ACTIVIDAD ARTÍSTICA** Imagínate que viajaste por el sendero de Chisholm. Dibuja algo que viste en el sendero. Pon tu dibujo con los de los otros niños de tu clase para hacer un mural.

2. **TRABAJO EN EQUIPO** Como proyecto de toda la clase, hagan un informe noticioso "en vivo" sobre el cruce de las montañas en una caravana de carretas. Tres estudiantes deben ser los reporteros. Los demás deben contarles a los reporteros qué les pasó durante su viaje a través de las montañas.

La tierra hoy en día

Los Estados Unidos es una tierra con abundancia de recursos. Muchos de los recursos que usamos hoy son los mismos que alimentaron, vistieron y dieron vivienda a los indígenas de Norteamérica y a los pioneros hace mucho tiempo. Con los nuevos métodos de cultivo, de hacer y trasladar productos al mercado, es más fácil para la gente de hoy obtener lo que necesita. Sin embargo, estos recursos no son eternos. Si queremos proteger la belleza y los recursos de nuestro país, tenemos que cuidar la tierra.

Kinuko Y. Craft, acuarela y óleo, se mostró en la exposición Stars and Stripes del American Institute of Graphic Arts, San Francisco.

Capítulo 9

Tierra de la abundancia

¿Te imaginas tener que cultivar tus alimentos y hacer tu casa? Para sobrevivir, los indígenas y los pioneros tuvieron que hacerlo. Hoy en día dependemos de otras personas que cultivan la tierra y hacen materiales de construcción. Las granjas y negocios producen las mercancías que necesitamos. Nuestra tierra de la abundancia nos da todo lo necesario para vivir.

Las locomotoras pueden llevar muchos vagones a la vez. Los trenes llevan mercancías, ganado, alimentos y hasta automóviles.

Pittsburgh, Pennsylvania, se construyó cerca de tres ríos y de donde había grandes cantidades de carbón. Debido a su ubicación, esta ciudad se convirtió en una importante productora de acero.

El valle de San Joaquín produce la mitad de las frutas y verduras que se consumen en los Estados Unidos. Este valle también produce otras cosechas, como el algodón que ves arriba.

Para regar sus cultivos, los granjeros del valle de San Joaquín utilizan el agua que se trae de otras partes.

Cultivos en el valle de San Joaquín

Términos clave

- agricultura
- riego
- fertilizante

➤ *Esta máquina sacude los almendros y así los frutos caen al suelo. Más tarde, se les quita la cáscara a las almendras. Así se ven cuando se envían a los mercados.*

Pedro Cruz sostenía la pesada bolsa de almendras.

—Déjame que te ayude —se ofreció Rosa, su hermana.

—No, no —dijo Pedro—. Yo puedo.

Rosa sonrió. Sabía que Pedro estaba entusiasmado. Los dos iban camino a México a visitar a su tío. Pedro quería darle las almendras él mismo.

Los Cruz se fueron de México y se hicieron ciudadanos de los Estados Unidos. Primero, la mamá y el papá iban de un estado a otro trabajando en el campo. Ahora la familia vivía y trabajaba en una granja cerca de Bakersfield, California.

—¡Ahí está! —gritó Pedro, señalando el autobús que los iba a llevar de Bakersfield a México. ¡Levantó bien alto su bolsa de almendras, tratando de controlar su emoción!

Suelo fértil

Los trabajadores como los Cruz cosechan distintos cultivos que crecen cerca de Bakersfield. La mitad de las frutas frescas, nueces y verduras que se cultivan en los Estados Unidos vienen de la región que se conoce como el valle de San Joaquín. Esta tierra está al norte de Bakersfield, en la parte central de California.

Busca el valle de San Joaquín en el mapa. Fíjate que lo atraviesan varios ríos. ¿Qué cadena de montañas está a cada lado del valle de San Joaquín?

¿Por qué es el valle una región tan buena para los cultivos? El suelo es excelente para las plantas. Durante cientos de años, los arroyos y ríos de las montañas cercanas depositaron un suelo fértil en el valle. Cada vez que los ríos de la zona se desbordaban, dejaban más tierra. Las plantas crecen muy bien en una tierra fértil.

El valle de San Joaquín

El suelo fértil hace que el valle de San Joaquín sea bueno para la **agricultura,** que es el trabajo de cultivar la tierra. También el clima del valle es muy bueno para los cultivos. En la primavera y el otoño no hace mucho calor y los veranos son calurosos pero secos. El invierno es fresco y húmedo. La temperatura rara vez baja más allá del punto de congelación. Si tienen suficiente agua, los cultivos pueden crecer todo el año en este clima.

Mira las listas de la página 172. En esas listas vemos los cuatro tipos de productos que salen del valle de San Joaquín. ¿Cuáles son? ■

■ *¿Por qué el valle de San Joaquín es tan bueno para la agricultura?*

Animales

ganado

pollos

pavos

Cereales y otros

alfalfa

cebada

algodón

arroz

trigo

Frutas y nueces

almendras	melones
albaricoques	aceitunas
dátiles	duraznos
higos	pistachos
uvas	ciruelas
limones	tomates
limas	nueces

Vegetales

zanahorias

lechuga

papas

➤ *El valle de San Joaquín produce de todo, desde trigo para comer en el desayuno, hasta algodón para telas.*

Trabajar la tierra

¿Basta con tener un suelo fértil y un buen clima para producir grandes cosechas? No. Las plantas también necesitan gran cantidad de agua. Sin embargo, casi la mitad del valle de San Joaquín es un desierto. Como ya sabes, en los desiertos crecen muy pocas plantas porque llueve poco. En el verano, la estación más importante para los cultivos, en el valle de San Joaquín casi no llueve.

¿Qué hacen los granjeros del valle de San Joaquín para cultivar en un lugar tan seco? Lo que hacen es traer agua de otras partes de California. Mucha de esa agua viene de las montañas del norte y del este de California. El agua se lleva hasta el valle por medio de tubos, zanjas o canales. El trabajo de llevar agua a una tierra seca se llama **riego.**

Un suelo fértil, un buen clima y el riego ayudan a que las plantas crezcan fuertes. Los granjeros también añaden fertilizantes al suelo para que las plantas crezcan mejor. Los **fertilizantes** son productos químicos que alimentan las plantas y las hacen crecer más fuertes y más rápido.

172

Muchos granjeros usan productos químicos para combatir la maleza y los insectos en los cultivos. Así, los granjeros pueden mantener los cultivos sanos. Algunos productos químicos son peligrosos para las personas y los animales, por eso muchos granjeros tratan de usar los menos peligrosos. ∎

■ ¿Cómo ayudan a los granjeros los productos químicos y el riego?

▼ California es el estado que produce más limones en los Estados Unidos.

Recoger la cosecha

Una vez que los cultivos crecen, se recogen, o cosechan. Algunas cosechas se recogen con máquinas que hacen el trabajo rápido y fácil. Sin embargo las uvas, los melones, los limones y otras cosechas hay que recogerlas a mano con más cuidado.

Cuando las cosechas están listas, las familias como los Cruz, se reúnen en un campo y comienzan el duro trabajo de recoger la cosecha. Hay miles de trabajadores agrícolas que se dedican a recoger la cosecha. El trabajo es duro y toma tiempo. Muchas veces las condiciones de vida cerca de los campos de cultivo son malas.

Después de recogerlas, las cosechas se empacan y se envían en camiones o en trenes. Luego, los productos del valle de San Joaquín se distribuyen por todo el país para que nos lleguen a todos. ∎

■ ¿Por qué los granjeros pueden obtener tantas cosechas?

R E P A S O

1. **TEMA CENTRAL** ¿Qué animales se crían y qué cultivos crecen en el valle de San Joaquín? ¿Por qué crecen tan bien?
2. **RELACIONA** Compara la manera en que se usa la tierra del valle de San Joaquín con la manera en que los kwakiutl usaban la tierra.
3. **RAZONAMIENTO CRÍTICO** ¿Por qué piensas que las personas de muchos estados se pueden preocupar si los insectos destruyen las cosechas del valle de San Joaquín?
4. **ACTIVIDAD** Mira las listas de la página 172. Haz tu propia lista de los productos que has comido hace poco tiempo y que quizás vinieron del valle de San Joaquín.

Llevar los productos al mercado

Tú sabes que en el valle de San Joaquín crecen muchos cultivos. Sabes por qué crecen bien allí. Sabes también cómo se cosechan. Pero, ¿sabes cómo se llevan desde las granjas hasta los mercados de todo el país? Pensemos en eso por un momento.

¿Por qué?

Imagínate que cultivas almendras, zanahorias y tomates en una granja del valle de San Joaquín. Vas a enviar esos productos a los mercados de las ciudades de los Estados Unidos. Tienes que decidir cómo enviarlos de la manera más barata antes de que se echen a perder o se pudran. ¿Cómo los puedes enviar?

¿Cómo?

Tus cosechas se pueden enviar por camión, avión o tren. Puedes usar más de un medio de transporte. Usa la tabla de abajo para decidir cómo enviar tus productos.

Cómo enviar productos agrícolas

Avión
Tarda menos tiempo que los camiones y los trenes.
Cuesta más que los camiones o los trenes.
No puede llevar los productos directamente a los mercados.

Camión
Cuesta menos que los aviones o los trenes.
Puede llevar los productos directamente a los mercados.
Tarda más tiempo que los aviones y los trenes.

Tren
Puede llevar más que los aviones o los camiones.
Cuesta más que los camiones.
No puede llevar los productos directamente a los mercados.

Practica

Trabaja con otro niño. Conversen sobre cómo llevar los tres productos a los mercados del lugar donde ustedes viven. Escriban cuatro preguntas o más que deben contestar antes de decidir, como por ejemplo, ¿cuánto costará?

Aplícalo

Ahora, tomen su decisión. Escriban un informe sobre cómo llevar los tres productos a los mercados. Digan por qué tomaron esa decisión.

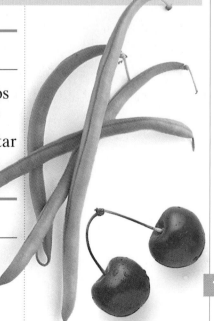

Cómo usar tablas

¿Por qué? Tú sabes que la mitad de las frutas y verduras de nuestro país vienen del valle de San Joaquín, California. Pero, ¿qué sabes de los cultivos de cereal, como el trigo de la foto de abajo? ¿Qué cantidad de cereal produce California? ¿Cómo se compara su producción de cereales con la de otros estados? Una manera de encontrar esta información es buscándola en una tabla.

¿Cómo? Una tabla es una manera de organizar información numérica para que la podamos entender. Fíjate en la tabla de la página siguiente. Te muestra la producción de cereales de cinco estados en 1986. ¿Cuáles son esos cinco estados? La tabla muestra cuatro cultivos de cereales. ¿Cuáles son esos cuatro cultivos? Cada número muestra cuántos millones de *bushels* se cosecharon. Un millón es un número grande: 1,000,000. ¿Cómo puedes saber qué cantidad de cada cultivo se produjo en un estado en 1986? Busca el nombre del estado a la izquierda. Mueve el dedo por esa hilera hasta la columna del cultivo que buscas. Por ejemplo, para encontrar la cantidad de maíz que se cultivó en California, pon el dedo en la hilera de California y muévelo hasta la columna del maíz. Ese número es la cantidad de millones de *bushels* de maíz que se cultivaron en California en 1986. ¿Qué número es?

Producción de cereales en millones de bushels—1986

Estados	Cebada	Maíz	Avena	Trigo
California	24	38	3	52
Colorado	21	99	3	96
Kansas	10	182	11	433
Ohio	1	476	12	48
Texas	2	149	8	120

Practica Usa la tabla para comparar estados si miras la columna de números bajo la palabra "Trigo", verás que en Kansas se cosechó la mayor cantidad de trigo de esos cinco estados. ¿Cuántos millones de *bushels* de trigo se cosecharon en ese estado? ¿Qué estado produjo la menor cantidad de trigo? ¿Cuántos millones de *bushels* de trigo se cosecharon en ese estado?

Aplícalo Escribe tres preguntas que se puedan contestar usando la tabla. Después trabaja con otra niña o con otro niño. Hazle preguntas y pídele que busque las respuestas en la tabla.

177

El acero de Pittsburgh

Términos clave

- ubicación
- fábrica de acero
- industria
- servicios

➤ *En 1930, Thomas Hart Benton pintó* Acero. *Este cuadro muestra el interior de una fábrica de acero. ¿Qué ruidos se escuchan en una fábrica de acero?*

A la gente le gusta inventar cuentos exagerados sobre sus héroes. En Pittsburgh, Pennsylvania, una ciudad famosa por su producción de acero, la gente cuenta historias sobre Joe Magarac. Dicen que fue el mejor trabajador del acero.

Joe Magarac trabajaba en una fábrica, mezclando galones de acero fundido y echándolo dentro de grandes calderas. Sólo paraba para comer sus seis comidas diarias. Joe revolvía con las manos el acero al rojo vivo. Para hacer ocho rieles al mismo tiempo, sacaba el acero de las calderas y apretaba las manos. Por entre sus dedos salían cuatro rieles de cada mano.

Joe Magarac no existió de verdad, pero el cuento nos muestra que a los trabajadores del acero se les considera héroes.

La ciudad del acero

El acero es un metal muy fuerte. Se usa para fabricar carros, aviones, trenes, puentes, edificios y casi todas las máquinas que usamos. La ciudad más conocida por fabricar acero es Pittsburgh. Aún se le llama la "Ciudad del Acero".

Una de las razones por la que Pittsburgh se convirtió en la Ciudad del Acero es que está bien ubicada para fabricar acero. El lugar donde está una ciudad o alguna cosa es su **ubicación.** La ubicación de Pittsburgh es buena porque está cerca de los recursos naturales que se usan para fabricar el acero.

Los recursos naturales más importantes que hay cerca de Pittsburgh son los ríos, el carbón y el hierro. Busca los tres ríos de Pittsburgh en el mapa. Los mineros excavan la tierra cerca de Pittsburgh para sacar el carbón y el hierro. Después esos minerales se envían por río a Pittsburgh. Allí, las personas que trabajan en las **fábricas de acero,** que son los lugares donde se hace el acero, usan el carbón y el hierro para hacerlo. Después, el acero se envía por barco o avión al mundo entero. ■

▼ En 1904 había más de 30 fábricas de acero. Entre 1970 y 1980 se produjo más acero que nunca. Pero después de 1980 quedaron sólo tres fábricas.

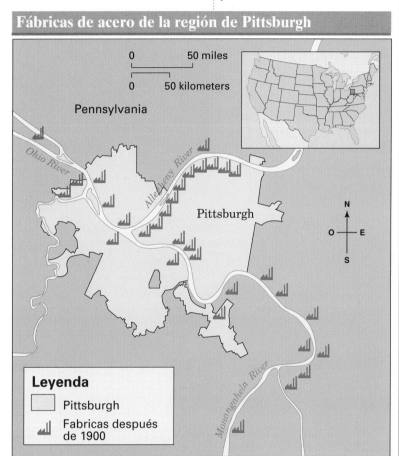

Fábricas de acero de la región de Pittsburgh

0   50 miles
0   50 kilometers

Pennsylvania

Ohio River

Allegheny River

Pittsburgh

Monongahela River

N O E S

Leyenda

☐ Pittsburgh

⚒ Fabricas después de 1900

■ ¿Qué importancia tuvo la ubicación de Pittsburgh junto a tres ríos para la industria del acero?

Crecimiento de Pittsburgh

La **industria** del acero, es decir, todas las fábricas que hacen acero, hizo crecer a Pittsburgh. Mucha gente fue a Pittsburgh poco después del año 1900 para buscar trabajo en la industria del acero. Como los trabajadores del acero necesitaban alimentos, ropa, viviendas y otros artículos, más gente fue a Pittsburgh para suministrar esas cosas y la ciudad creció y creció.

➤ *Esta vista de Pittsburgh en 1911 muestra el aire lleno del humo de las fábricas de acero.*

▼ *Esta foto muestra que el aire de Pittsburgh está limpio hoy en día. ¿Qué causó la diferencia?*

■ *¿Qué problemas causó la industria del acero?*

Con el tiempo aumentó la cantidad de acero que se producía en Pittsburgh. Con tantas fábricas, también empezaron los problemas.

Uno de los problemas fue la suciedad en el aire. Para hacer acero se quemaba carbón. Y el carbón soltaba humo. Pittsburgh siempre estaba llena de humo. A la gente no le gustaba vivir con humo en el aire. Por fin, en 1946, Pittsburgh comenzó un programa para controlar el humo. Ya en 1960, la ciudad tenía aire limpio otra vez.

Sin embargo, después de 1980 Pittsburgh tuvo otro problema. Las fábricas de otras partes del mundo empezaron a producir acero. Otros países podían hacer acero más barato, de manera que la mayoría de las fábricas de Pittsburgh cerraron. ■

Un nuevo comienzo

La gente de Pittsburgh buscó una manera de solucionar este problema. Hicieron nuevas máquinas para sus fábricas y encontraron otras maneras de producir acero más barato. Además, abrieron nuevas industrias en Pittsburgh.

1. Abren nuevos negocios. Las personas ganan dinero en sus nuevos trabajos.

2. La gente puede comprar las mercancías y servicios que necesita. Los nuevos negocios proveen más mercancías y servicios.

3. La ciudad crece. Los nuevos negocios atraen otros negocios. Más personas vienen a la ciudad.

En poco tiempo, más personas consiguieron trabajo en esas nuevas industrias.

La tabla de arriba muestra cómo las nuevas empresas hacen crecer a una ciudad. Cuando se abren nuevas empresas, las personas se establecen cerca para buscar trabajo. Al vivir más personas en ese lugar, se necesitan más empresas nuevas para darles servicios. Las tiendas, las escuelas, los restaurantes, las gasolineras son empresas que prestan **servicios.** Necesitamos estos servicios para vivir más cómodamente.

De esta manera, Pittsburgh ha podido seguir creciendo. Algunas personas piensan que Pittsburgh es una de las ciudades más agradables de los Estados Unidos. ■

■ *¿Cómo ha seguido creciendo Pittsburgh?*

R E P A S O

1. **TEMA CENTRAL** ¿Por qué está Pittsburgh bien ubicado para fabricar acero?

2. **RELACIONA** ¿Qué diferencias hay entre el lugar de trabajo de un trabajador del acero de Pittsburgh y el lugar de trabajo de un trabajador agrícola del valle de San Joaquín?

3. **RAZONAMIENTO CRÍTICO** ¿Por qué es importante tratar de mantener limpio el aire de las ciudades?

4. **REDACCIÓN** Haz una lista de las personas que nos dan servicios, como los cajeros de un banco y los secretarios. Al lado, escribe en qué negocio trabajan, como bancos y oficinas.

El transporte en tren

TEMA
CENTRAL

¿Cómo llevan los trenes mercancías y pasajeros por los Estados Unidos?

Términos clave

- carga
- comercio
- transporte

De viaje

La línea del tren, ¡tan
   larga!
El día es muy ruidoso.
Muchas voces hablan.
Y aunque no ha pasado
   el tren
cerca de mi casa
imagino que se escucha
el silbato de la máquina.

[. . .]

Y a pesar de que no
   existe
el tren que escucho a
   distancia,
sueña mi corazón
con los amigos del alma
que nunca conoceré
ni conoceré mañana.
Sueño que se acerca
   el tren.
No importa adónde se
   vaya.

Edna St. Vincent Millay

Este poema expresa lo mucho que le gustan los trenes a los estadounidenses. Los trenes nos recuerdan los lugares lejanos que nos gustaría visitar. Sin embargo, los trenes también son prácticos.

Los trenes y otras maneras de viajar

En este capítulo leíste cómo cultivan los granjeros del valle de San Joaquín y cómo fabrican acero los trabajadores de Pittsburgh. ¿Sabes cómo se llevan los productos agrícolas y el acero desde donde se producen hasta donde los usamos?

Muchas de las cosas que necesitamos se llevan por tren. Los trenes que llevan **carga,** o sea, productos como el acero o las almendras, se llaman trenes de carga. Los trenes que llevan a las personas que viajan se llaman trenes de pasajeros. Un pasajero es una persona que viaja de un lugar a otro.

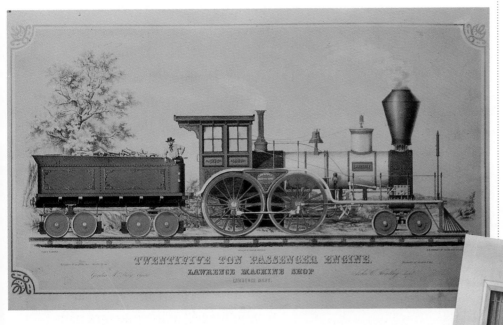

TWENTYFIVE TON PASSENGER ENGINE.
LAWRENCE MACHINE SHOP

◄ Esta locomotora se impulsaba con vapor. Se quemaba leña o carbón para hervir agua. El vapor del agua hacía mover la máquina.

▼ Este anuncio de la línea de ferrocarril entre St. Louis y San Francisco muestra a una niña y su hermano, que esperan en la estación, listos para un viaje en tren.

Se han usado trenes de carga y de pasajeros desde cerca del año 1860, cuando los primeros ferrocarriles cruzaron el país de costa a costa. Los trenes se hicieron populares porque eran más rápidos. Por ejemplo, alrededor de 1885 un viaje de Chicago a Denver en un coche de caballos podía tomar 49 días. El mismo viaje en tren tomaba sólo seis días, ¡y era mucho más cómodo!

Sin embargo, después de 1920, un nuevo invento se hizo popular: el automóvil. Muchos estadounidenses compraron carros para poder viajar a cualquier lugar. Así no tenían que tomar trenes, que sólo iban a algunos lugares.

Entre 1950 y 1960 mucha gente empezó a viajar en avión porque era más rápido. En aquel tiempo una persona podía ir en avión desde New York a Los Ángeles en 18 horas. En tren, el mismo viaje podía tomar de tres a cuatro días. ■

Los ferrocarriles hoy en día

Los trenes no son tan rápidos como los aviones y no pueden ir a todas partes como lo hacen los carros y los camiones. Sin embargo, todavía se usan porque cuestan menos y cargan más. Los trenes llevan muchas de las mercancías que se compran y venden. La compra y venta de mercancías se llama **comercio.** Los trenes, barcos, camiones y aviones facilitan el comercio. Son medios de **transporte,** es decir, maneras de llevar cosas de un lugar a otro. Los trenes hacen más fácil el comercio entre estados que quedan lejos.

▼ *Ésta es una zona de carga. Los vagones esperan la carga y las locomotoras que los llevarán a entregar sus mercancías por todo el país.*

Hoy en día, los trenes pueden llevar cargas dobles. Se puede poner una caja llena de mercancías sobre un vagón de tren y, luego, se le pone otra caja encima. Así los trenes son más útiles porque llevan el doble de carga.

A veces la misma carga viaja por barco, tren y camión. Por ejemplo, en un puerto descargan cajas de atún de un barco. Estas cajas se ponen en trenes de carga que las llevan a diferentes ciudades. Al llegar a las ciudades, las ponen en un camión que las lleva a mercados como en el que tú compras.

En la página siguiente verás cómo son los trenes de carga y cómo llevan mercancías.

Un tren de carga

Los trenes de carga modernos tienen muchos vagones que se usan de diferentes maneras. Estos vagones pueden llevar cualquier cosa, desde tanques llenos de líquido hasta ganado o carbón.

De tres en tres, en este vagón se pueden llevar hasta 18 carros. Los trenes de carga de hoy transportan seis de cada diez carros fabricados en los Estados Unidos.

Los furgones dobles llevan duraznos de las fábricas enlatadoras a las ciudades donde se venderán. Un furgón es un vagón de tren cerrado que puede cargar muchas cosas.

¡Una locomotora abre el paso! La locomotora tiene la fuerza para arrastrar todos los vagones. Esta locomotora moderna usa combustible diesel, que es un tipo de gasolina. El maquinista controla la velocidad del tren.

185

> *Esta tabla compara los viajes en tren de vapor y en coche de caballos antes de 1929 y los viajes en trenes y aviones modernos. ¿A cuántas millas por hora puede ir un tren moderno? ¿Y un tren de vapor?*

Viajar ahora y en el pasado

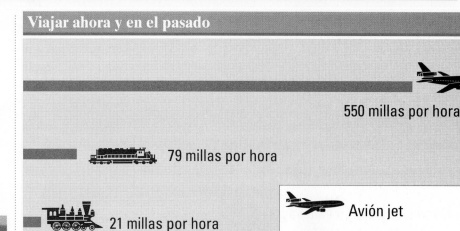

550 millas por hora

79 millas por hora

21 millas por hora

3 millas por hora

Avión jet

Tren moderno

Tren de vapor

Coche de caballos

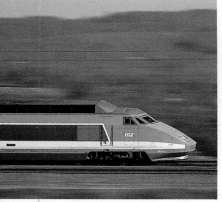

▲ *El TGV es un "tren bala" que viaja de París a Lyon, Francia. Sus iniciales quieren decir "tren de gran velocidad" en francés porque puede ir a 168 millas por hora. ¿Cuánto más rápido es que los trenes de los Estados Unidos?*

■ *¿Cómo ayudan los ferrocarriles a los negocios hoy en día?*

Hoy en día, la mayoría de los estadounidenses viajan largas distancias en carro, en autobús o en avión. En la tabla de arriba, compara cuánto más rápidos son los aviones que los trenes. Aun así, muchas personas todavía viajan en tren. En 1970, comenzó a funcionar un nuevo ferrocarril de pasajeros llamado Amtrak. Miles de personas van al trabajo y hacen otros viajes cortos en los trenes de Amtrak.

También se han inventado nuevos tipos de trenes. Un nuevo tipo de tren, llamado "tren bala", puede ir muy rápido. En el futuro, los trenes bala podrán llevar pasajeros a trabajos muy lejos de sus casas. Como los trenes son tan rápidos, los trabajadores podrán ir y venir de sus trabajos más rápido que nunca. ■

R E P A S O

1. **TEMA CENTRAL** ¿Cómo llevan los trenes mercancías y pasajeros por todos los Estados Unidos?

2. **RELACIONA** Para los granjeros del valle de San Joaquín, ¿qué ventaja pueden tener los trenes rápidos de carga?

3. **RAZONAMIENTO CRÍTICO** ¿Qué crees que le pasará a la industria de transporte si alguien inventa un método más rápido y más barato de llevar las mercancías?

4. **ACTIVIDAD** Trabaja en grupo. Hagan un modelo de tren de carga con cajas de zapatos. Coloreen las cajas de zapatos para que parezcan vagones. Pongan carga en el tren. Decidan adónde va el tren y díganselo a la clase.

El comercio entre los países

Algunos alimentos de California se venden en otros estados. Parte de estos alimentos se venden en otros países. Los Estados Unidos también compran productos de otros países. La compra y venta de productos entre los países se llama comercio internacional.

Se dice que un país exporta sus productos cuando los vende a otro país. Cuando un país compra los productos de otro país, se dice que los importa.

Los Estados Unidos tienen comercio con muchos países del mundo. El Canadá es el país con el que comercian más. Son los dos países del mundo que se venden y compran más cosas entre sí. En el mapa de abajo verás algunos de estos productos.

El comercio internacional es importante para la mayoría de los países. Cuando exportan productos, ganan dinero. Cuando importan productos, reciben cosas que necesitan.

El comercio entre los Estados Unidos y el Canadá

 carros y piezas de carro

 hierro

 aluminio

 gas natural

 acero

 productos químicos

 carbón

Repaso del capítulo

Repasa los términos clave

agricultura (pág. 171)
carga (pág. 183)
comercio (pág. 184)
fábrica de acero (pág. 179)
fertilizante (pág. 172)

industria (pág. 179)
riego (pág. 172)
servicios (pág. 181)
transporte (pág. 184)
ubicación (pág. 179)

A. Escribe el término clave para cada significado.

1. lugar donde está una ciudad o una cosa
2. empresas que trabajan para que vivamos más cómodamente

3. trabajo de cultivar y labrar la tierra
4. cosas que se llevan por tren, barco, camión o avión
5. lugar donde se hace el acero
6. productos químicos que alimentan las plantas y las hacen crecer
7. compra y venta de mercancías
8. fábricas que hacen cosas para vender
9. manera de llevar mercancía o pasajeros
10. trabajo de llevar agua a tierras secas

Explora los conceptos

A. Copia la línea cronológica de abajo. Muestra en tu línea cronológica cuándo se empezó a viajar en trenes, carros y aviones. Haz un dibujo para cada una de las tres fechas.

B. Contesta las preguntas de la derecha con una o dos oraciones.

1. ¿Cómo pueden crecer los cultivos en zonas secas como el valle de San Joaquín?
2. Una ciudad crece y es un buen lugar para vivir si hay trabajo para todos. ¿Crees que es cierto? ¿Por qué?
3. Explica cómo los trenes y los camiones transportan la misma carga.

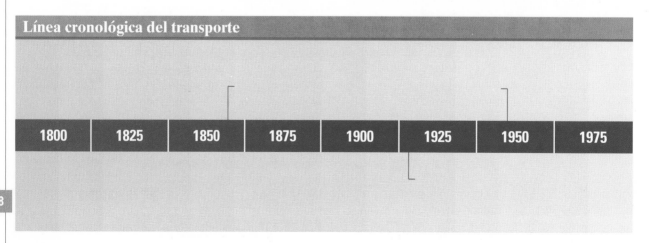

Línea cronológica del transporte

| 1800 | 1825 | 1850 | 1875 | 1900 | 1925 | 1950 | 1975 |

Repasa las destrezas

1. La tabla de abajo muestra la cantidad de tierra que se usó para cultivar los principales productos agrícolas de tres estados. Escribe tres oraciones sobre lo que muestra la tabla.

2. Mira el mapa físico de las páginas 238 y 239. ¿Qué accidentes geográficos hay en Alabama?

Estado	Miles de acres
California	4,922
Alabama	2,267
Arizona	738

Usa tu razonamiento crítico

1. Muchos cultivos que se producen en California se envían a otros estados. ¿Por qué piensas que las fresas no se envían de la misma manera que el algodón? ¿Cómo se transportan las fresas? ¿Cómo transportan el algodón?

2. En las grandes ciudades, los motores de los carros ensucian el aire. ¿Cómo se puede solucionar este problema?

Para ser buenos ciudadanos

1. BUSCA INFORMACIÓN Trabaja con un compañero. Prepara un álbum de fotos o dibujos de productos de acero. Busquen todas las fotos y dibujos que puedan en revistas viejas.

2. TRABAJO EN EQUIPO Muchos de los personajes de los cuentos son héroes de algunas industrias. Por ejemplo, Joe Magarac es un héroe para los trabajadores del acero, John Henry es un héroe para los trabajadores del ferrocarril y Paul Bunyan es un héroe para los leñadores. Trabaja con tus compañeros para crear un cuento sobre el héroe de tu clase. Imagínense las cosas que hace. Trabajen en grupos para escribir historias. Junten todas las historias para hacer un libro. Pónganle un título al libro. Escojan a alguien para que dibuje la tapa.

Capítulo 10

Cuidemos nuestra tierra

Nuestro país tiene grandes bellezas naturales. Pero hoy usamos los recursos naturales con rapidez y producimos mucha basura y veneno que dañan nuestra tierra.

Para proteger la belleza de nuestra tierra, muchas personas trabajan limpiando el medio ambiente y buscando maneras de usar los recursos naturales sin hacer daño.

Cada año, más y más personas guardan los periódicos viejos y otros tipos de basura que se pueden usar otra vez o que se pueden transformar en cosas nuevas.

Estas cajas viejas se convertirán en productos de cartón y se usarán otra vez. Así se cortarán menos árboles para hacer cartón nuevo.

Si todos trabajamos para
limpiar nuestros recursos,
cada vez habrá más lugares
limpios y hermosos, como
el parque nacional de esta
foto.

Nosotros usamos agua limpia
todos los días en nuestras
casas. Usar menos agua cada
vez es una forma de cuidar
este importante recurso
natural.

En el tocón de un árbol viven los insectos, se afilan las garras los osos y nosotros podemos sentarnos a descansar. Pero, ¿de quién es el tocón? Lee este cuento que responde a esta pregunta sobre nuestra tierra.

HABÍA UNA VEZ UN ÁRBOL

Cuento de Natalia Romanova

Adaptación de Anne Schwartz

Dibujos de Gennady Spirin

Había una vez un árbol. Tenía muchos años y estaba viejito.

Un día el cielo se cubrió de nubes oscuras, llovió, tronó y un relámpago partió el árbol en dos.

Un leñador encontró el árbol partido y lo cortó; sólo quedó el tocón. Al poco tiempo llegó un escarabajo con largas antenas. Le gustó el tocón y puso sus huevos bajo la corteza.

Un día salieron muchos gusanitos de los huevos. Durante el verano hicieron túneles en la corteza. Cuando llegó el invierno, se pusieron a dormir. Cuando se despertaron en la primavera, tenían largas antenas como su mamá. Era hora de irse a otra parte.

Pero el tocón no quedó abandonado por mucho tiempo. A las hormigas les encantaron los túneles que hicieron los gusanitos. Una hormiga llevó una hoja, otra un palito y otra un granito de arena.

Limpiaron los túneles y se quedaron a vivir en el tocón.

Una osa se arrimó al tocón, lo husmeó y se afiló las garras en la corteza. El tocón era de ella, como todo lo demás a su alrededor. Hasta las hormigas eran de ella y ningún otro oso se atrevería a molestarlas.

Un pajarito carbonero voló y se posó sobre el tocón.
Vio una hormiga que arrastraba una oruga, y la picoteó.
Ahora la oruga era de ella. Las hormigas también
eran de ella, al igual que el tocón. Ningún otro
pajarito se acercaría.

Un día de lluvia, una ranita se metió
en un agujero del tocón. El tiempo y la
lluvia habían formado esos agujeros, que
también servían de refugio a otros
animalitos.

El calor del sol secó el tocón y pronto un
nuevo visitante se acomodó en él: era una tijereta.
Como le encantaba la sombra, la tijereta se echó a
dormir bajo la corteza.

Un hombre caminaba por el bosque y vio el tocón. Se sentó a descansar; ahora el tocón era de él.

El hombre creía que era dueño del bosque y de la tierra ¿por qué no también del tocón?

Pero, ¿quién es realmente el dueño del tocón? ¿El escarabajo que hace túneles en la corteza? ¿Las hormigas que viven en los túneles? ¿La tijereta que duerme bajo la corteza? ¿O la osa que se afila las garras?

¿Es del pajarito carbonero que se posa ahí? ¿O de la rana que busca refugio en uno de sus agujeros? ¿O del hombre que se cree dueño del bosque?

Quizás el tocón sea de todos: del escarabajo y de las hormigas, de la osa y del pajarito carbonero, de la rana, de la tijereta y hasta del hombre. Todos tienen que convivir.

Mientras tanto, el tocón envejece más y más. El sol lo calienta; la lluvia lo refresca. Pronto comienza a podrirse. Cae la noche, y la luz de la luna baña el bosque. Lo que queda del tocón brilla en la oscuridad.

Ahora el tocón ha desaparecido. En su lugar hay un nuevo árbol. Un pajarito carbonero se posa sobre una rama: el árbol es de él. Una hormiga trepa bien alto: es su árbol. Un oso pasa y se afila las garras en la corteza. Un hombre se recuesta a descansar bajo su sombra. El árbol es de todos porque crece en la tierra, que es el hogar de todos.

Salvar nuestra tierra

Términos clave

- mantillo
- conservación
- medio ambiente

➤ *Esta foto muestra una tormenta de polvo en Hugoton, Kansas, en 1937.*

—¿Qué es eso, Mamá? —pregunta Margarita, señalando una nube oscura que avanzaba hacia la casa.

—¡Es una tormenta de polvo! —grita la mamá—. ¡Corre, hija! ¡Cierra la puerta!

Margarita cierra la puerta y ayuda a su mamá a cerrar las ventanas. Al cerrar la última ventana, estalla la tormenta.

El polvo tapa el sol y la tarde se oscurece. Afuera, es casi imposible ver ni respirar. Hasta dentro de la pequeña casa de la granja empieza a entrar el polvo.

A la mañana siguiente, Margarita abre la puerta un poco y mira hacia afuera. Todavía cae polvo lentamente desde el cielo. Una capa de polvo cubre el granero, la cerca, y hasta el alambre de colgar la ropa. Todo está cubierto de polvo.

La necesidad de proteger la tierra

Entre 1930 y 1940, fuertes vientos barrían una gran parte de las Grandes Llanuras. Los vientos levantaban el suelo seco, creando enormes nubes de polvo. El mapa muestra dónde había tormentas de polvo. Esa zona se conocía como la Cuenca Polvorienta.

Las tormentas de polvo se llevan la capa de arriba del suelo, o sea **el mantillo.** Estas tormentas ocurren cuando la tierra está muy seca y cuando hay pocas plantas para sujetar el suelo en su lugar. Los vientos fuertes pueden alzar el suelo y llevárselo.

La tierra y el agua son recursos naturales importantes. Hechos como las tormentas de la Cuenca Polvorienta nos hicieron ver que es necesario conservar estos recursos.

La Cuenca Polvorienta

N
O — E
S

Montana · North Dakota · Minnesota · Wisconsin
Idaho · Wyoming · South Dakota · Iowa
Utah · Nebraska · Illinois
Colorado · Kansas · Missouri
Arizona · New Mexico · Oklahoma · Arkansas
Texas · Louisiana · Mississippi
Gulf of Mexico

0 ⊢ 250 miles
0 ⊢ 250 kilometers

Leyenda
Región de la Cuenca Polvorienta
Regiones dañadas por tormentas de polvo que ocurrieron después

Conservación

Cuando los primeros colonos europeos vinieron a Norteamérica, les sorprendió la riqueza del suelo. Vieron bosques que se extendían por millas y millas y praderas que parecían no acabar nunca.

Hoy en día, sin embargo, sabemos que nuestros recursos se pueden acabar y que debemos cuidarlos. La protección de nuestros recursos naturales se llama **conservación**.

Hay muchas maneras de proteger nuestros recursos. Hace más de cien años, los líderes de nuestro país empezaron a conservar algunas tierras vírgenes y a crear parques nacionales. El gobierno protege esas tierras para que no cambien. En las páginas siguientes, leerás sobre algunos de estos parques nacionales. ■

▲ *En el mapa, el área anaranjada más oscura muestra la Cuenca Polvorienta.*

■ *¿Por qué necesitamos proteger nuestra tierra?*

199

Parques nacionales

En 1872, el gobierno de los Estados Unidos empezó a proteger algunas tierras vírgenes para que la gente no las cambiara. Como la vida de las plantas y de los animales de esos lugares está protegida, los visitantes pueden disfrutar de la belleza natural de la tierra.

¿De vacaciones? En este mapa vemos los parques nacionales de los Estados Unidos. Busca en el mapa los tres parques nacionales que aparecen en las fotos de estas dos páginas. ¿Cuál de los parques está más cerca de donde vives?

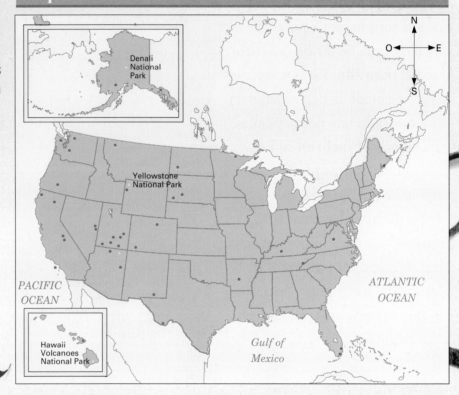

Parques nacionales de los Estados Unidos

N
O ← → E
S

Denali National Park

Yellowstone National Park

PACIFIC OCEAN

Hawaii Volcanoes National Park

ATLANTIC OCEAN

Gulf of Mexico

El primer parque nacional de los Estados Unidos fue el Parque Nacional de Yellowstone, en los estados de Wyoming, Idaho y Montana. Tiene miles de fuentes de aguas termales, es decir, de aguas calientes. Algunas son tan calientes que el agua hierve. Hay también fuentes de las que salen agua y vapor a varios pies de altura. Se llaman géiseres.

El pico más alto de Norteamérica, el monte McKinley, está en el Parque Nacional Denali, en Alaska. También hay muchas montañas más. En este parque viven alces, venados y otros animales.

Chorros de lava al rojo vivo del volcán Kilauea, en el Parque Nacional de Volcanes de Hawaii

Esta roca se formó cuando la lava caliente del volcán se enfrió y se endureció. La lava es roca derretida que sale del interior de la tierra.

Conservar nuestros recursos

Debemos conservar todos nuestros recursos naturales. Por ejemplo, necesitamos un suelo fértil para cultivar alimentos para nosotros mismos y para los animales. Por eso los granjeros quieren conservar el suelo. Fíjate en la tabla de abajo y aprenderás cómo los granjeros conservan el mantillo de sus granjas.

Cuatro maneras en que los granjeros conservan el suelo

Los granjeros plantan hileras de árboles a lo largo del borde de los campos sembrados. Los árboles detienen el viento para que no haya tormentas de polvo.

Los granjeros aran las colinas haciendo surcos. Los surcos del suelo arado detienen el agua para que no se lleve la tierra.

Al recoger la cosecha, los granjeros cortan las plantas, pero dejan una parte en la tierra. Las raíces de esas plantas sujetan el suelo y así la lluvia no se lo lleva.

Los granjeros siembran un cultivo que absorbe el agua junto a otro que no lo hace. Las plantas que retienen agua no dejan que el agua se lleve el suelo.

También es importante conservar nuestros bosques. De los árboles sacamos madera, papel y mucho más. En ellos también viven algunos animales. Una cosa que podemos hacer para conservar nuestros bosques es no cortar demasiados árboles y plantar nuevos árboles en su lugar.

Tú puedes ayudar a conservar los bosques usando menos papel. Usa platos y vasos de papel sólo cuando tienes que hacerlo. Escribe en las dos caras de una hoja de papel antes de tirarla a la basura.

El agua es otro recurso importante. Igual que los animales y las plantas, nosotros también necesitamos agua para vivir. ¿Qué puedes hacer para conservar el agua? Trata de no malgastarla. Toma duchas más cortas y cierra la llave del agua mientras te cepillas los dientes.

La conservación del suelo, de los árboles y del agua crea un medio ambiente bueno para la salud. Todo lo que nos rodea: el aire, el agua y la tierra, son parte de nuestro **medio ambiente.** También debemos tratar de limpiar los recursos que se han ensuciado tanto que no podemos usarlos. En la lección siguiente, aprenderás qué puedes hacer para mantener limpio nuestro medio ambiente. ■

■ *Nombra tres recursos naturales y di qué podemos hacer para conservarlos.*

◄ *Los bosques nacionales son lugares que cuida el gobierno de los Estados Unidos. Los árboles de los parques nacionales se pueden cortar, pero el gobierno hace que se planten otros nuevos para reemplazarlos.*

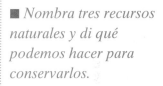
R E P A S O

1. **TEMA CENTRAL** ¿Cómo podemos conservar nuestros recursos naturales?

2. **RELACIONA** ¿De qué manera depende de los recursos naturales la agricultura en el valle de San Joaquín?

3. **RAZONAMIENTO CRÍTICO** ¿Cómo sería tu vida si hubiera muy poca agua en donde vives?

4. **ACTIVIDAD** Trabaja con otra niña o con otro niño. Hagan una lista de plantas que necesitan mantillo. Luego hagan una lista de las cosas que se pueden hacer con esas plantas. Por último, digan por qué es importante el mantillo.

Proteger nuestros recursos

Términos clave

- contaminación
- desechos

➤ *Esta trabajadora de rescate
sostiene una nutria que antes
estaba cubierta de petróleo.*

En la primavera de 1989, muchos equipos de rescate tuvieron que ir urgentemente a Alaska. Un barco derramó accidentalmente millones de galones de petróleo en el océano. Muchas plantas y muchos animales se estaban muriendo.

A los trabajadores de rescate les preocupaban las nutrias marinas. La piel de la nutria la protege del frío, pero si está cubierta de petróleo no la protege. Cuando las nutrias se lamían la piel para limpiarse, tragaban petróleo que las envenenaba.

Los trabajadores tenían que atrapar las nutrias. Luego, para sacarles el petróleo, las lavaban con detergente para platos. Trabajaron duro para salvar las nutrias y muchas se salvaron.

Contaminación

En la lección anterior aprendiste cómo conservamos nuestros recursos naturales. Para conservar los recursos también hay que mantener el medio ambiente limpio. Los derrames de petróleo, como el que hubo en Alaska, causan contaminación. Decimos que hay **contaminación** cuando los productos químicos envenenan el aire, el agua o el suelo y los hacen poco saludables. Además de los derrames accidentales de petróleo, hay otros tipos de contaminación que ocurren todos los días.

Los carros y las fábricas contaminan el aire. El humo de los carros ensucia el aire. El humo de las fábricas también contamina el aire. Este tipo de contaminación hace daño a las plantas, a los animales y a las personas.

Es difícil respirar cuando el aire está contaminado. La contaminación hace daño a los pulmones y a los ojos. También puede dañar los árboles y otras plantas, o matarlos. Hasta puede gastar la piedra de los edificios. Si esta contaminación llega a los lagos, a los ríos y a los arroyos, puede hacerles daño a las personas, a los animales y las plantas.

◄ *Muchas veces no podemos ver la contaminación del aire, pero puede gastar la piedra, como vemos en el brazo de esta estatua. También puedes ver cómo quedó esta hoja con el agua de lluvia contaminada.*

Cuando las comunidades o las fábricas echan desechos en los océanos, los ríos y los lagos, causan otros tipos de contaminación del agua. Los **desechos** son cosas que ya no necesitamos y que tiramos, como la basura y los productos químicos dañinos. La contaminación del agua puede causar la muerte de animales y ensuciar tanto el agua que no la podremos tomar.

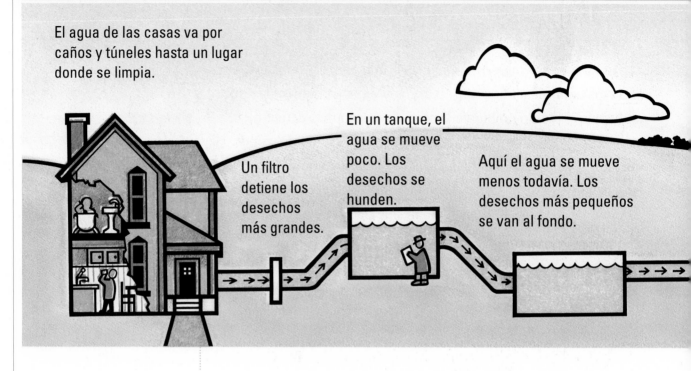

El agua de las casas va por caños y túneles hasta un lugar donde se limpia.

Un filtro detiene los desechos más grandes.

En un tanque, el agua se mueve poco. Los desechos se hunden.

Aquí el agua se mueve menos todavía. Los desechos más pequeños se van al fondo.

Usamos el agua para cocinar, lavar, tomar y muchas otras cosas. Después de que la usamos, el agua se convierte en lo que llamamos aguas negras. Hay que limpiarla para poder usarla otra vez. Fíjate en el caño del diagrama de arriba. Por este caño salen las aguas negras de una casa. Algunas comunidades no limpian sus aguas negras y las echan en los lagos, en los ríos o en el océano.

El suelo también se contamina con los desechos. Si la gente no elimina de una manera apropiada los desechos de las casas y de las fábricas, los productos químicos dañinos pueden filtrarse en el suelo y contaminarlo con venenos. ■

■ *¿Cuáles son algunas de las causas de la contaminación?*

¿Qué podemos hacer?

Los problemas de la contaminación del aire, del agua y del suelo no son fáciles de resolver. Estamos buscando soluciones.

Los científicos estudian lo que se puede hacer para no contaminar tanto el aire. Están tratando de inventar nuevos motores para carros y combustibles que no ensucien el aire.

Las fábricas también pueden causar menos contaminación del aire. Algunos materiales dañinos se pueden cambiar por otros que no sean tan dañinos. Las fábricas que deben usar materiales peligrosos pueden usar filtros que atrapen los venenos para que no lleguen al aire.

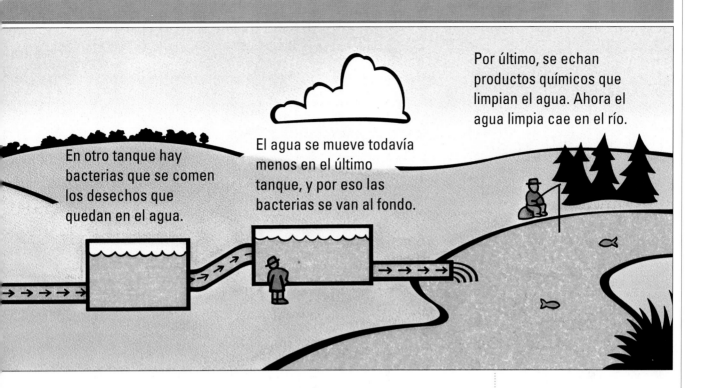

Por último, se echan productos químicos que limpian el agua. Ahora el agua limpia cae en el río.

El agua se mueve todavía menos en el último tanque, y por eso las bacterias se van al fondo.

En otro tanque hay bacterias que se comen los desechos que quedan en el agua.

Las comunidades y las fábricas también pueden ayudar a evitar la contaminación del agua. Una cosa que pueden hacer es dejar de botar agua sucia en los lagos, ríos y océanos. El diagrama muestra lo que hay que hacer. Hay que limpiar el agua sucia antes de devolverla a la naturaleza.

No debemos tirar en la tierra los desechos peligrosos de las comunidades y las fábricas. Se pueden destruir, se pueden hacer menos dañinos, o se pueden limpiar y usar de nuevo. Si tenemos que enterrar desechos, los debemos poner en envases sellados para que no dañen el suelo.

Tú también puedes ayudar a resolver los problemas de la contaminación. Tu familia y tú pueden caminar en vez de usar el carro. Puedes escribir a los legisladores, o sea las personas que hacen las leyes, y pedirles que hagan todo lo que puedan para que tengamos aire y agua puros. ¿Qué más puedes hacer? ■

■ *¿Qué podemos hacer para que haya menos contaminación del suelo, del agua y del aire?*

R E P A S O

1. **TEMA CENTRAL** ¿Por qué es importante que haya menos contaminación?

2. **RELACIONA** Los productos químicos que se usan en las granjas y el humo de las fábricas de acero causan problemas. ¿Qué recursos naturales pueden contaminar?

3. **RAZONAMIENTO CRÍTICO** Piensa en tres maneras de que otras personas se preocupen por la contaminación.

4. **ACTIVIDAD** Haz carteles para mostrar qué hacer para que haya menos contaminación. Ponlos donde se puedan ver.

Reciclar para salvar nuestros recursos

TEMA CENTRAL

¿Por qué hay menos problemas con la basura cuando la reciclamos?

Términos clave

- descomponerse
- reciclaje

En marzo de 1987, esta barcaza salió de New York. Llevaba una carga de basura a North Carolina. Sin embargo, cuando la barcaza llegó a North Carolina no le permitieron descargar. La gente de North Carolina no quería la basura.

La barcaza salió de North Carolina y fue a otros puertos en otros estados y en otros países para tratar de dejar su carga. La gente de esos lugares tampoco quería la basura. Por fin, luego de ir de un lugar a otro durante meses, la barcaza regresó a New York. Allí quemaron la basura.

El problema de la basura

Se dice que para el año 2000 cada persona tirará casi seis libras de basura por día en los Estados Unidos. ¿Por qué tiramos tanta basura? Los empaques de las cosas que compramos y usamos son la mitad de nuestra basura.

Piensa en tu propia basura. ¿Tiras muchos empaques? En los Estados Unidos, las cosas vienen muy bien empacadas. La pasta dental, por ejemplo, viene en un tubo plástico, dentro de una caja de cartón. Las galletas vienen envueltas en plástico, dentro de una caja de cartón. Cuando usamos esas cosas, tiramos los empaques. Por eso necesitamos espacio para toda esa basura.

Algunos empaques dañan el medio ambiente porque **se descomponen,** o sea, se pudren, muy lentamente. Por ejemplo, el plástico, el metal y el vidrio se descomponen sólo después de muchos años. Hay personas que tratan de resolver el problema de la basura. ■

■ *¿Qué es la mayor parte de nuestra basura?*

◄ *Estos niños cuidan el medio ambiente. ¿Cómo pueden ayudar tus amigos y tú?*

Reciclaje

Tiramos tanta basura que se están acabando los lugares donde la podemos echar. ¿Cómo podemos tirar menos basura? Una manera es usar la basura para hacer algo nuevo. Este proceso se llama **reciclaje.**

Los Estados Unidos reciclan alrededor de un 10% de su basura.

Europa Occidental recicla alrededor de un 30%.

El Japón recicla alrededor de un 50%.

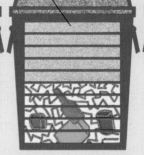

¿No sería bueno si pudiéramos reciclar toda nuestra basura?

▲ *¿Qué se puede hacer para que más gente recicle su basura?*

■ *¿Por qué es importante el reciclaje?*

▼ *Esta gráfica muestra que muchos de los desechos de los hogares de los Estados Unidos son materiales que se pueden reciclar.*

Basura de los hogares de los E.U.A.

papel

plásticos

vidrio

metales

otros

Algunas cosas que tiramos a la basura se pueden reciclar para hacer otras cosas que necesitamos. Con los periódicos viejos se puede hacer papel nuevo y materiales de construcción. Con las botellas de plástico se pueden hacer otros productos de plástico. Con el vidrio se puede hacer vidrio nuevo. Con las latas de aluminio se pueden hacer latas nuevas. Éstos y otros materiales se pueden reciclar y usar de nuevo. El reciclaje hace que haya menos basura. ■

Tú puedes ayudar

Es mucho el trabajo que hay que hacer para proteger nuestro medio ambiente, pero todos podemos ayudar un poquito. Para empezar, es bueno tener un plan. Antes de ir de compras, podemos pensar con cuidado en lo que vamos a comprar. Esto nos ayudará a planear qué hacer con la basura.

Muchas comunidades tienen centros de reciclaje. ¿Hay algún centro de reciclaje donde vives? Si es así, ¿cómo puedes reciclar la basura de tu casa? Quizás puedas empezar por separar la basura. Puedes separar las latas, el plástico, el papel y el vidrio del resto de la basura. Luego lleva esas cosas al centro de reciclaje. Desde allí la basura se mandará a los lugares donde se hacen nuevos productos.

¿Tiene tu escuela un programa de reciclaje? Si no lo tiene, ¿cómo se puede comenzar uno?

Muchas comunidades también tienen programas para facilitar el reciclaje. Por ejemplo, en algunos lugares hay recipientes donde la gente puede poner por separado sus periódicos, plásticos y vidrio. Luego, en determinados días, los camiones los recogen.

Si donde tú vives no hay un programa de reciclaje ni centros de reciclaje, hay algo que puedes hacer para proteger nuestros recursos naturales. Puedes escribirles cartas a los legisladores y pedirles que pongan centros de reciclaje donde vives. Pídele a tu maestra o maestro que te dé el nombre de las personas que hacen las leyes donde tú vives.

Cada año, más y más personas se interesan en el reciclaje. Todos tenemos que hacer algo para conservar nuestros recursos naturales. ■

En otros tiempos

Los pioneros reciclaban cosas que muchos de nosotros tiramos hoy en día. Por ejemplo, ellos convertían ropa vieja en colchas y usaban grasa de cocinar para hacer jabones o medicinas.

■ *¿Qué podemos hacer para resolver el problema de nuestra basura?*

R E P A S O

1. **TEMA CENTRAL** ¿Por qué hay menos problemas con la basura cuando la reciclamos?

2. **RELACIONA** ¿Cómo ayudan la conservación de los recursos y el reciclaje a proteger nuestros bosques?

3. **RAZONAMIENTO CRÍTICO** ¿Por qué es importante que empecemos a reciclar nuestra basura desde ahora?

4. **ACTIVIDAD** Haz algo útil con un envase vacío. Por ejemplo, con una lata de jugo puedes hacer un portalápices.

¿Por qué? Has visto la importancia que tiene el reciclaje para nuestro medio ambiente. El reciclaje ayuda a conservar nuestros recursos naturales. También ayuda a resolver el problema de qué hacer con la basura.

Imagínate que quieres reciclar productos. ¿Qué puedes hacer primero?

¿Cómo? Puedes comenzar un centro de reciclaje en tu escuela o en tu salón de clase. Tu clase puede trabajar en equipo para este proyecto.

Primero, decidan qué productos se van a reciclar. Pueden escoger entre papel, vidrio, aluminio, plástico o más de uno. Formen grupos. Cada grupo puede recoger un tipo de basura.

Busquen cajas o cajones para cada tipo de basura que quieran reciclar. Si usan bolsas de plástico, asegúrense de que se puedan reciclar. La caja en la que vienen dirá si se pueden reciclar o no.

Si quieren, adornen el centro de reciclaje. Por ejemplo, pueden adornar las cajas con dibujos de monstruos y ponerles nombres. En la foto de abajo vemos a unas niñas de Toledo, Ohio, que alimentan al monstruo "Mascabotellas". Ponen las latas de aluminio en un aplastador que llaman "Tiburón".

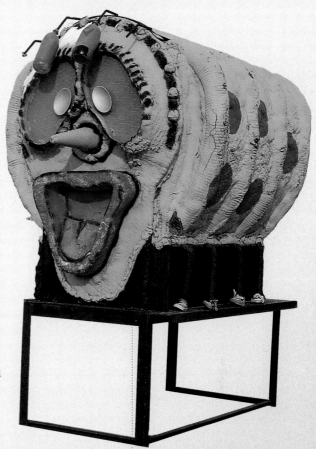

Practica Durante una semana, recojan la basura que hay en la escuela. Pongan cada tipo de basura en una caja para reciclarla. No mezclen diferentes tipos de basura en la misma caja. Al final de la semana, lleven la basura a un centro de reciclaje de la comunidad.

Aplícalo Haz un centro de reciclaje en tu casa. Trabaja con tu familia para reciclar papel, latas y otra basura. Pon cada tipo de basura en su propia caja. Con tu familia, lleva la basura a un centro de reciclaje de la comunidad.

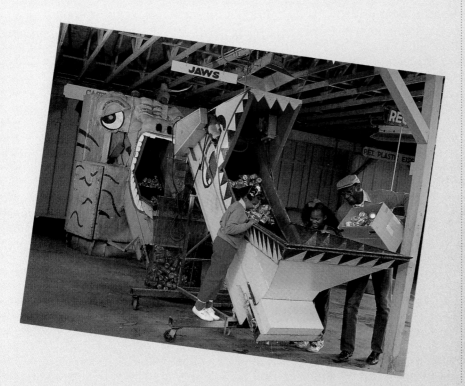

Repaso del capítulo

Repasa los términos clave

conservación (p. 199)   mantillo (p. 199)
contaminación (p. 205)   medio ambiente (p. 203)
descomponen (p. 209)   reciclaje (p. 209)
desechos (p. 205)

A. Escribe el término clave que mejor completa cada oración.

1. Los productos químicos dañinos y los desechos en el aire, el agua o el suelo causan _____.

2. Algunas bolsas de plástico dañan el medio ambiente porque no se _____ fácilmente.

3. El viento se puede llevar el _____ si no hay plantas que lo sujeten.

4. Usar la basura para hacer algo nuevo se llama _____.

5. La _____ es la protección de nuestros recursos naturales.

6. La basura y otras cosas que no necesitamos y tiramos son _____.

7. Nuestro _____ es el aire, el agua y la tierra que nos rodean.

Explora los conceptos

A. La tabla de abajo muestra algunas de las muchas cosas que tiramos. Copia la tabla. En la segunda columna escribe una o más maneras de reciclar cada cosa. Piensa en tus propias ideas para reciclar.

B. Escribe una o dos oraciones para contestar cada pregunta.

1. ¿Qué pueden hacer los granjeros para que las tormentas de viento no se lleven el mantillo?

2. ¿Cuáles son algunas cosas que causan contaminación?

Cosas que tiramos	Maneras de reciclar
Tenedores de plástico	
Latas de metal	
Periódicos	
Frascos de vidrio	

Repasa las destrezas

1. A veces tu ropa ya no te sirve porque has crecido. Para un proyecto en equipo, traigan ropa que ya no les sirve. Pónganla en bolsas de papel y dénsela a un grupo o a una organización que le da ropa a las personas que la necesitan.

2. Escribe dos oraciones con "Si... entonces" sobre lo que puede pasar si más personas se enteran de los problemas que causa la contaminación.

Usa tu razonamiento crítico

1. ¿Qué puede pasar en nuestras ciudades si no tratamos de que haya menos contaminación del aire?

2. Los granjeros usan productos químicos para matar los insectos y para que sus cultivos crezcan mejor. ¿Crees que eso es bueno o malo? ¿Por qué?

3. Si no tuviéramos parques nacionales, ¿cómo sería nuestro país?

Para ser buenos ciudadanos

1. **ACTIVIDAD ARTÍSTICA** Trabaja con un grupo pequeño. Usen desechos como plásticos, empaques, periódicos y cuerda para hacer un modelo de un parque nacional.

2. **TRABAJO EN EQUIPO** Hagan un juicio en clase a alguien que haya sido acusado de tirar basura en el parque. Escojan un juez, doce miembros del jurado, testigos y la persona acusada. Hagan que los testigos le digan al juez por qué creen que la persona es inocente o culpable. Luego el jurado se debe reunir y decidir si la persona acusada es inocente o culpable. Si es culpable, el jurado debe decidir qué castigo darle.

Capítulo 11

Nuestros días festivos y símbolos

Nosotros, el pueblo de los Estados Unidos de América, estamos orgullosos de nuestro país. Tenemos días festivos para celebrar hechos importantes de nuestra historia y en honor a personajes especiales. Escogimos símbolos que nos recuerdan que somos una nación libre y que estamos orgullosos de nuestra tierra.

Para celebrar el Día del Árbol, estos niños tienen sombreros en forma de árbol. En este día plantamos árboles para mostrar nuestro orgullo por la belleza de la tierra.

La bandera es un símbolo nacional que muestra parte de la historia de nuestra nación. Cada franja representa una de las 13 colonias. Las 50 estrellas representan los 50 estados que componen los Estados Unidos hoy en día.

El águila calva también es un símbolo de los Estados Unidos. Esta ave representa nuestro valor y respeto por la tierra y nuestro amor a la libertad.

El monumento a Washington es un símbolo nacional en honor a George Washington, nuestro primer presidente. Se encuentra en la capital de nuestro país, Washington, D.C.

217

Celebremos nuestra tierra

¿Por qué celebramos días festivos estatales y nacionales?

Término clave

- día festivo nacional

Juan Semilla de Manzana

De Jonathan Chapman
se saben dos cosas:
pensaba en manzanas,
caminaba a solas.

Por cincuenta años
de riego y cosecha,
sembró sus manzanas
en la buena tierra.

¿Que por qué lo hacía?
¡Si yo lo supiera!
Pensaba en manzanas
que hermosas crecieran.

Rosemary Carr y Stephen Vincent Benet

El Día del Árbol

Se han escrito muchos poemas y leyendas sobre Johnny Appleseed (Juan Semilla de Manzana). La mayoría son una mezcla de verdad y de imaginación. Se basan en un hombre llamado John Chapman que vivió alrededor del año 1800. Durante cuarenta años, viajó de Pennsylvania a Illinois sembrando manzanos, es decir, árboles de manzana.

Había pocos manzanos por donde John Chapman viajaba, así que sembraba manzanos del este por donde pasaba. También les daba manzanos y semillas a los colonos que conocía. La gente comenzó a llamarlo Johnny Appleseed.

◄ Los colonos decían que Johnny Appleseed viajaba descalzo por las tierras vírgenes y regalaba semillas o pequeños manzanos a toda persona que encontraba en su camino.

En otras partes

J. Sterling Morton creó el Día del Árbol, pero ésa no fue la primera vez en que se plantaron árboles para celebrar algo. Hace cientos de años, en México, los aztecas plantaban un árbol cada vez que nacía un niño.

Algunas personas recuerdan a Johnny Appleseed y sus árboles en el Día del Árbol. Éste es un día festivo dedicado a plantar árboles. Se llama Día del Árbol (Arbor Day) en honor a los árboles.

Debemos la celebración del Día del Árbol a J. Sterling Morton, quien trabajaba con legisladores de Nebraska. En Nebraska crecen pocos árboles natural porque este estado está ubicado en llanuras secas. Morton comprendió que los árboles eran necesarios para tener madera y proteger la tierra. Las raíces de los árboles ayudarían a que el suelo conservara la poca lluvia que cae en Nebraska. Los árboles también detienen el viento de las tormentas de polvo y de nieve.

◄ En los Estados Unidos se plantan árboles para celebrar el Día del Árbol.

219

▲ *Este cuadro que pintó Grant Wood en 1932, se llama* Día del Árbol. *En este cuadro vemos a una maestra y a varios niños plantando un árbol frente a su escuela el Día del Árbol.*

■ *¿Qué hacemos el Día del Árbol para mostrar que queremos cuidar la tierra?*

A J. Sterling Morton se le ocurrió dedicar un día para plantar árboles. Ese día, el 10 de abril de 1872, fue el primer Día del Árbol. Todo el estado de Nebraska lo celebró plantando árboles. Cuando se enteraron de la noticia del Día del Árbol, más y más estados comenzaron a celebrar este día especial.

El Día del Árbol se celebra todavía en Nebraska, aunque ahora es el 22 de abril. Éste es el día del cumpleaños de Morton. El Día del Árbol se celebra en casi todos los Estados Unidos y en algunas partes del Canadá. Sin embargo, se celebra en distintos días del año. Otros países también dedican días especiales y hasta semanas enteras para plantar árboles. En el Día del Árbol tenemos la oportunidad de devolverle a la tierra parte de lo que nos ha dado. Recordamos que es importante proteger nuestros recursos naturales, especialmente la tierra. ■

Días festivos nacionales

En Nebraska, el Día del Árbol se convirtió en día festivo cuando los legisladores decidieron que el estado debía celebrarlo cada año. Otros estados también celebran el Día del Árbol. En los Estados Unidos cada estado puede escoger los días festivos que sus ciudadanos celebrarán.

Algunos días festivos se celebran en todos los estados de nuestro país. Los días que escoge el gobierno federal para honrar a nuestro país y a nuestro pueblo se llaman **días festivos nacionales.** La tabla de esta página muestra algunos de los días festivos nacionales que celebramos.

Días festivos nacionales		
Día festivo	**Fecha**	**En honor a**
Día de Martin L. King, Jr.	Tercer lunes de enero	Martin L. King, Jr.
Día de los Presidentes	Tercer lunes de febrero	George Washington y Abraham Lincoln
Día de los Caídos	Último lunes de mayo	Los soldados estadounidenses que murieron en las guerras
Día de la Independencia	4 de julio	Nuestra independencia de Inglaterra
Día del Trabajador	Primer lunes de septiembre	Los trabajadores
Día de la Raza	Segundo lunes de octubre	La llegada de los europeos a América
Día de los Veteranos	11 de noviembre	Los soldados estadounidenses que combatieron en las guerras
Día de Acción de Gracias	Cuarto jueves de noviembre	La primera cosecha de los peregrinos

Algunos días festivos nacionales son para recordar hechos importantes de la historia. En el Día de Acción de Gracias, por ejemplo, recordamos cómo los peregrinos dieron gracias a Dios por sus cosechas. En el Día de la Independencia, recordamos el 4 de julio de 1776, día en que los Estados Unidos declararon que eran libres e independientes de Inglaterra. Hoy en día, el 4 de julio, también celebramos la libertad que tienen los ciudadanos estadounidenses. Cada año, nuevos ciudadanos, como la niña que aparece en la página siguiente, vienen a los Estados Unidos para disfrutar de los derechos y libertades de nuestro país.

Una inmigrante el 4 de julio

1:15 de la tarde, 4 de julio de 1991
En un desfile del Día de la
Independencia en Corpus Christi, Texas

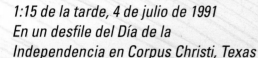

Bandera

Esta niña inmigrante le dice a todo el mundo que ella ahora es ciudadana de los Estados Unidos. Ondear la bandera es otra manera de mostrar que está orgullosa de su nuevo país.

Botón de la estrella solitaria

Para la niña, vivir en los Estados Unidos significa también vivir en Texas. La estrella de este botón es el símbolo de Texas. Ella piensa ponérsela a su tío el año que viene cuando él se mude a los Estados Unidos.

Cámara

Las fotos que ella toma de la celebración de hoy serán una grata sorpresa para su amiga Tina en Guatemala. Las dos niñas se escriben todas las semanas. Tina espera venir a los Estados Unidos algún día.

Cartera

Le regalaron esta cartera guatemalteca cuando cumplió nueve años. Su abuelita tejió la tela de varios colores.

Dos de nuestros días festivos nacionales se celebran en honor a ciudadanos muy conocidos de los Estados Unidos. El Día de los Presidentes, es en honor a George Washington y a Abraham Lincoln. En el Día de Martin Luther King, Jr., recordamos a este hombre que luchó por la libertad de todos.

Algunos días festivos nacionales son en honor a muchos de nuestros ciudadanos. El Día del Trabajador, es en honor a todas las personas que trabajan para darnos las cosas que necesitamos. En el Día de los Veteranos, recordamos a los estadounidenses que combatieron para mantener libre a nuestro país. El Día de los Caídos es un día festivo para recordar a los soldados que murieron en las guerras. ■

■ *¿A quiénes honramos y qué celebramos en los días festivos nacionales?*

◄ *Para muchas personas, los días festivos nacionales son momentos para recordar a nuestro país y todo lo que nos da.*

R E P A S O

1. **TEMA CENTRAL** ¿Por qué celebramos días festivos estatales y nacionales?

2. **RELACIONA** ¿Por qué las historias sobre personajes como Johnny Appleseed y Joe Magarac nos ayudan a recordar las cosas buenas de los Estados Unidos?

3. **RAZONAMIENTO CRÍTICO** Piensa en una persona o en un hecho importante para celebrar un día festivo nacional en su honor. Escribe un párrafo diciendo por qué.

4. **ACTIVIDAD** Escoge dos días festivos que tú conoces. Haz un dibujo para mostrar qué celebramos en esos días. Crea un libro de días festivos con fotos o recortes.

Usa las ideas principales

Mira lo que leíste

Idea principal

detalle

detalle

detalle

Idea principal

detalle

detalle

Recuerda las ideas principales.

detalle

detalle

detalle

detalle

detalle

Idea principal

Idea principal

Repite las ideas principales con tus propias palabras.

Resumen

¿Por qué? ¿Has tenido que recordar alguna vez algo que leíste? ¿Fue para un examen? ¿O para contarle algo a tus amigos? Piensa qué haces para recordar lo que lees. Una buena manera de recordar lo que lees es hacer un resumen.

¿Cómo? Un resumen son varias oraciones que hablan sobre las ideas principales de lo que leíste. En un resumen debes usar la menor cantidad posible de palabras. Deben ser tus propias palabras.

En la última lección, leíste sobre el Día del Árbol. ¿Qué puedes escribir en un resumen sobre el Día del Árbol? Piensa en las ideas principales. El significado del Día del Árbol es una idea importante que hay que recordar. Otra idea importante es cuándo celebramos el Día del Árbol. Un detalle es el número de años que Johnny Appleseed estuvo plantando árboles. Los detalles no son tan importantes como las ideas principales. No son parte de un resumen.

Inténtalo Trabaja con otro niño o niña. Escribe un resumen de lo que dicen las páginas 219 y 220 sobre el Día del Árbol.

Aplícalo Escribe un resumen de algo que leíste en un libro o en una revista. Lee tu resumen en clase.

Símbolos nacionales

¿Qué te parece la idea de que un pavo silvestre sea uno de nuestros símbolos nacionales? Hace más de 200 años, Benjamin Franklin sugirió usar al pavo como símbolo de los Estados Unidos. A Franklin no le gustaba mucho el águila. Él pensaba que el pavo era un ave lista y sabia. También sabía que el pavo había sido importante en la historia de nuestra nación. El pavo fue un alimento importante para los primeros colonos.

Otras personas pensaban que el águila era un mejor símbolo para representar la libertad y el poder de nuestro país. El águila calva tiene mucha fuerza. Con sus enormes alas, vuela alto y libre sobre la tierra. El águila puede ver desde el aire cualquier cosa que se mueve abajo. Por todas estas razones, el águila calva es un símbolo nacional.

T E M A
CENTRAL

¿Por qué tenemos símbolos nacionales?

Términos clave

- libertad
- monumento

Hoy en día, algunas de nuestras monedas tienen un águila. Fíjate en estas monedas de 25 centavos. En una de ellas hay un pavo como quería Benjamin Franklin. ¿Cuál de las dos aves te parece que es el mejor símbolo de los Estados Unidos?

Los símbolos muestran nuestro orgullo

▼ La Campana de la Libertad se ha rajado dos veces. No se toca desde 1835, la segunda vez que se rajó.

Cada país usa diferentes símbolos para mostrar lo que siente por sí mismo y por su tierra. Nosotros, los estadounidenses, escogimos símbolos nacionales que representan las cosas especiales de nuestro país. Esos símbolos representan el orgullo y el cariño que sentimos por los Estados Unidos.

Por ejemplo, la Campana de la Libertad es un símbolo de nuestra **libertad**, es decir del derecho de escoger. La Campana de la Libertad sonó en 1776 cuando los Estados Unidos declararon su independencia de Inglaterra. Hoy podemos verla en Philadelphia, Pennsylvania.

Otras ciudades tienen monumentos que son símbolos nacionales. Un **monumento** es algo que se construye en honor a una persona o un hecho. Si visitas la capital de nuestra nación, Washington, D.C., verás el alto Monumento a Washington. Se construyó en honor a George Washington. En St. Louis, Missouri, está el Gateway Arch al oeste del río Missisippi. Este monumento de acero inoxidable se construyó en honor a los pioneros que colonizaron el oeste.

¿Cómo lo sabemos?

¿Cómo sabemos que las águilas calvas están en peligro de desaparecer? El organismo del gobierno llamado U.S. Fish and Wildlife Service *envía equipos de especialistas para estudiar las águilas y descubrir cuántas nacen cada año. Observan las aves desde lejos y con binoculares. Así las águilas no se asustan.*

Preservación de nuestros símbolos

Estos símbolos nos recuerdan ideas y creencias importantes sobre nuestro país y nuestra tierra. Por eso debemos preservarlos.

Hoy en día, las águilas calvas están en peligro de desaparecer. La contaminación y la caza las han puesto en peligro. Los cambios en la tierra hacen muy difícil que el águila pueda encontrar alimentos y lugares donde hacer sus nidos.

◄ Una razón importante por la que se escogió al águila calva como símbolo nacional es porque sólo existe en Norteamérica.

El águila calva se ha visto en todos los estados, menos en Hawaii.

Sin embargo, si todos ayudamos a salvar las águilas calvas, podrá haber muchas otra vez. Si no dejamos que los cazadores las maten, y si tienen árboles, alimento y tierras donde vivir, estarán a salvo. ■

■ *¿Por qué es el águila un buen símbolo de los Estados Unidos?*

Nuestra bandera

El símbolo más conocido de los Estados Unidos es nuestra bandera. Algunas veces se le llama *Old Glory,* que significa "antigua gloria".

La bandera es un símbolo de que somos una nación formada por distintos estados.

Fíjate en la bandera de esta estampilla, o sello de correos. Tiene 50 estrellas. Cada estrella representa un estado. Las 50 estrellas significan que nuestra nación tiene 50 estados. Nuestra bandera también tiene 13 franjas. Cada franja representa una de las 13 colonias inglesas originales de los Estados Unidos.

Nuestra bandera es un símbolo de nuestra historia y de nuestra nación aunque no siempre fue como lo es hoy en día. En las estampillas que usamos para enviar cartas a todo el país se puede ver la historia de nuestra bandera. En la página siguiente verás cómo era antes nuestra bandera.

◄ Esta estampilla de 1988 muestra la bandera como es hoy. El servicio de correos (U.S. Postal Service) siempre tiene una estampilla con la bandera.

▼ *¿Qué es lo que está mal en esta lata? Está prohibido usar la bandera para hacer publicidad o vender productos.*

Esta bandera de 1775 muestra una serpiente. La serpiente les advierte a los enemigos que no traten de pisarla. Ésta fue la primera bandera que ondeó en los barcos de los Estados Unidos.

El primer Congreso decidió usar esta bandera en 1777. Sus 13 franjas y estrellas representan las primeras colonias y estados. Esta bandera se conoce como *Stars and Stripes*.

Esta bandera se llama *Star Spangled Banner*, que quiere decir "La bandera plagada de estrellas". Nuestro himno nacional habla de esta bandera. Fue la bandera de nuestro país desde 1795 hasta 1818.

En 1959 la bandera tenía 48 estrellas, como la que vemos aquí. A fines de ese mismo año se le añadieron 2 estrellas más, cuando Alaska y Hawaii se convirtieron en nuestros estados 49 y 50.

■ ¿Cómo simboliza la bandera nuestra historia y nuestra nación hoy en día?

Como puedes ver, la bandera ha cambiado desde que ganamos nuestra independencia de Inglaterra hasta ahora. A medida que se añadieron nuevos estados a la unión, también se añadieron estrellas a la bandera. Aunque la bandera cambie, siempre representa una sola nación que cree en "libertad y justicia para todos". ■

R E P A S O

1. **TEMA CENTRAL** ¿Por qué tenemos símbolos nacionales?
2. **RELACIONA** ¿Cómo cambió la bandera cuando nuestra nación creció?
3. **RAZONAMIENTO CRÍTICO** Nombra otras cosas que se pueden usar como símbolos nacionales.
4. **ACTIVIDAD** Crea tu propia bandera. Escoge dibujos que te recuerdan la tierra y las personas que has conocido en este libro. Úsalos como símbolos de tu bandera. Muestra tus dibujos en clase y explícalos.

Repaso del capítulo

Repasa los términos clave

día festivo nacional (pág. 221)
libertad (pág. 226)
monumento (pág. 226)

A. Escribe *verdadero* o *falso* en cada oración. Si una oración es falsa, escríbela otra vez para hacerla verdadera.

1. Un día festivo nacional es un día que escoge el gobierno federal para honrar a personas de nuestro país.

2. Un lugar que tiene juegos se llama monumento.

3. Tener libertad significa ser independiente del control de otros.

B. Escribe el término clave correcto en cada espacio numerado.

El Día de los Presidentes es un ___1___ de los Estados Unidos en honor a los presidentes del pasado. En Washington, D.C., podemos visitar un ___2___ en honor a Abraham Lincoln. Nuestros presidentes lucharon para conseguir ___3___ y justicia para todos.

Explora los conceptos

A. El águila calva es nuestro símbolo nacional. Copia la tabla. Completa la segunda columna para mostrar qué puede escoger cada pueblo indígena como su símbolo.

B. Hace mucho tiempo, se escogió al águila calva como nuestro símbolo nacional. Escribe dos razones por las que piensas que fue una buena decisión.

Pueblo indígena	Símbolo
Kwakiutl	
Cheyenne	
Navajo	

Repasa las destrezas

1. Lee otra vez el segundo párrafo de la página 219. En una o dos oraciones, escribe con tus propias palabras un resumen del párrafo.

2. Dibuja un mapa para mostrar que Johnny Appleseed caminaba diez millas en un día de un pueblo a otro. Usa una escala de una pulgada por milla.

Usa tu razonamiento crítico

1. Los wampanoag y los delaware ayudaron a los peregrinos y a los primeros colonos a sobrevivir en las tierras vírgenes. ¿Crees que se deben construir monumentos en honor a ellos? Si así es, ¿dónde?

2. La pintura muestra a niños, hace muchos años, plantando árboles en el Día del Árbol. Hoy en día, algunos pueblos celebran el Día del Árbol y hacen ceremonias para plantar árboles. ¿Crees que el Día del Árbol debe ser un día festivo nacional? ¿Por qué?

Para ser buenos ciudadanos

1. **ACTIVIDAD ARTÍSTICA** La Campana de la Libertad es un símbolo de nuestra libertad e independencia. Haz un dibujo de otra cosa que puede ser un buen símbolo de nuestra libertad. Muéstrale tu dibujo a la clase. Diles por qué es un buen símbolo de libertad.

2. **TRABAJO EN EQUIPO** Divide la clase en cuatro grupos. Cada grupo debe preparar una obra corta de teatro, una canción o un poema sobre alguien que hizo algo especial por nuestro país. Represéntenlas para otras clases de la escuela.

Banco de datos

EL MUNDO: *Mapa político*

ABBREVIATIONS

CEN. AFR. REP.
　　　República Centroafricana
DEN.　　Dinamarca
FR.　　　Francia
GR.　　　Grecia
IT.　　　Italia
N.　　　Norte, del Norte
NETH.　Países Bajos
P.D.R. YEMEN
　　　República Democrática
　　　Popular de Yemen
PORT.　Portugal
S.　　　Sur
SP.　　　España
TERR.　Territorio
U.A.E.　Emiratos Árabes
　　　Unidos
U.K.　　Reino Unido
U.S.　　Estados Unidos
W.　　　Occidental

– Frontera nacional

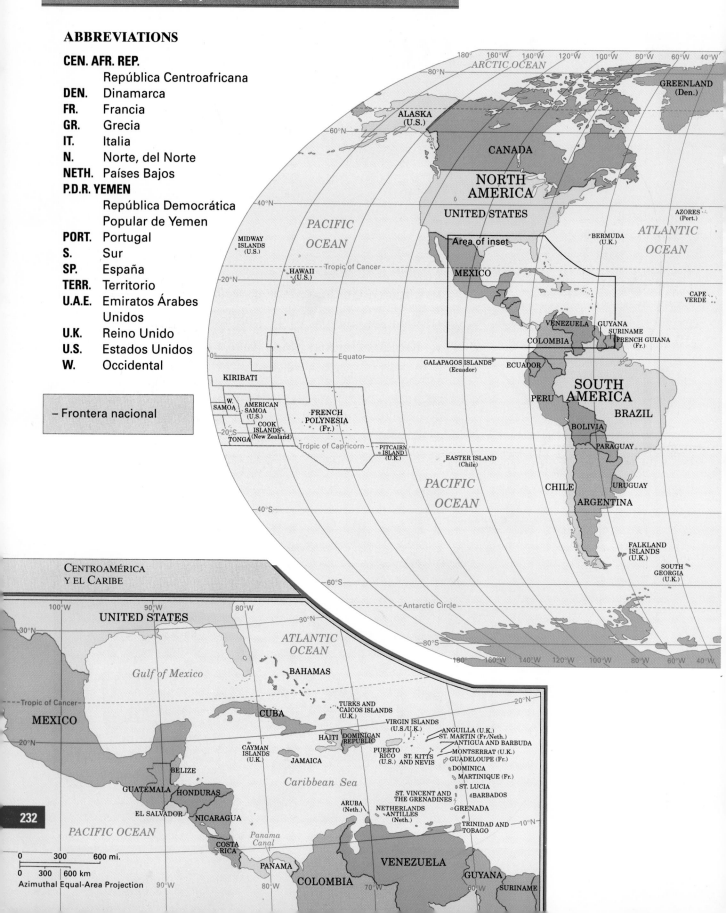

CENTROAMÉRICA Y EL CARIBE

Azimuthal Equal-Area Projection

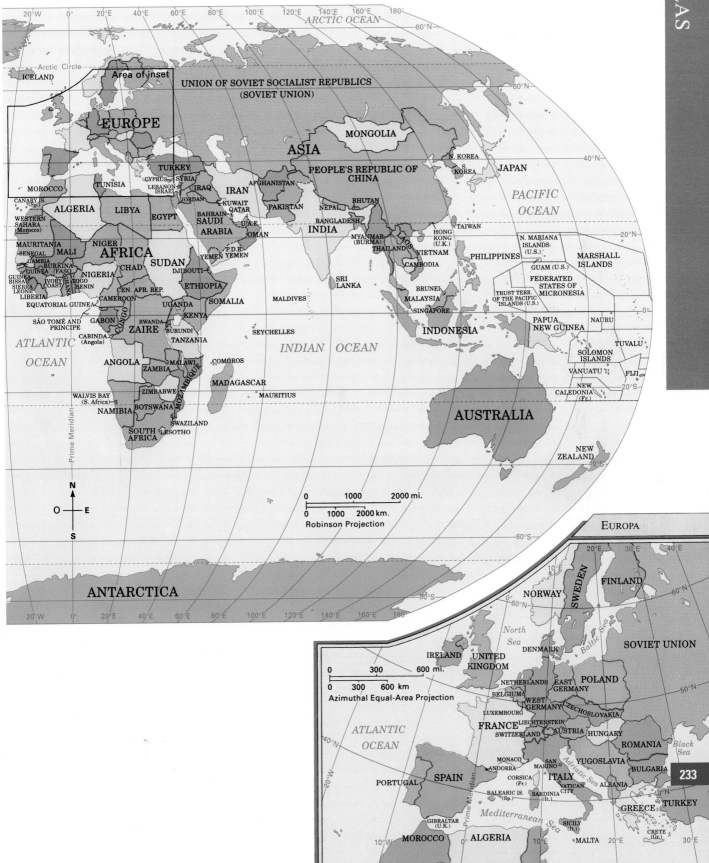

ARCTIC OCEAN

80°N

Arctic Circle

ICELAND

Area of inset

UNION OF SOVIET SOCIALIST REPUBLICS
(SOVIET UNION)

60°N

EUROPE

MONGOLIA

ASIA

N. KOREA
S. KOREA   JAPAN

40°N

TURKEY

PEOPLE'S REPUBLIC OF
CHINA

MOROCCO   TUNISIA   CYPRUS SYRIA
LEBANON IRAQ   IRAN   AFGHANISTAN

PACIFIC
OCEAN

ISRAEL JORDAN   KUWAIT   PAKISTAN   NEPAL BHUTAN

CANARY IS.
(Sp.)   ALGERIA   LIBYA   EGYPT   BAHRAIN QATAR   BANGLADESH   TAIWAN

20°N

WESTERN
SAHARA
(Morocco)   SAUDI
ARABIA   U.A.E.   INDIA   MYANMAR
(BURMA)   HONG
KONG
(U.K.)   N. MARIANA
ISLANDS
(U.S.)

OMAN   THAILAND   LAOS   VIETNAM

MAURITANIA   NIGER   P.D.R.
YEMEN YEMEN   CAMBODIA   GUAM (U.S.)

SENEGAL   MALI   AFRICA   SUDAN   DJIBOUTI   SRI
LANKA   PHILIPPINES   MARSHALL
ISLANDS

GAMBIA BURKINA
GUINEA FASO   CHAD   ETHIOPIA   BRUNEI   FEDERATED
STATES OF
MICRONESIA

GUINEA
BISSAU   IVORY   NIGERIA   CEN. AFR. REP.   MALDIVES   TRUST TERR.
OF THE PACIFIC
ISLANDS (U.S.)

SIERRA COAST TOGO
LEONE   BENIN   UGANDA   SOMALIA   MALAYSIA

LIBERIA   CAMEROON   KENYA   SINGAPORE   0°

EQUATORIAL GUINEA   SEYCHELLES   INDONESIA   NAURU

SÃO TOMÉ AND
PRINCIPE   GABON   RWANDA   PAPUA
NEW GUINEA

CABINDA
(Angola)   ZAIRE   BURUNDI   INDIAN OCEAN   SOLOMON
ISLANDS   TUVALU

ATLANTIC   TANZANIA

OCEAN   ANGOLA   MALAWI   COMOROS   VANUATU   FIJI

ZAMBIA   MADAGASCAR   NEW
CALEDONIA
(Fr.)   20°S

WALVIS BAY
(S. Africa)   ZIMBABWE   MAURITIUS

NAMIBIA   BOTSWANA   MOZAMBIQUE   AUSTRALIA

SWAZILAND

SOUTH LESOTHO
AFRICA   NEW
ZEALAND

40°S

N
O   E
S

0   1000   2000 mi.
0   1000   2000 km.
Robinson Projection

60°S

80°S

ANTARCTICA

20°W   0°   20°E   40°E   60°E   80°E   100°E   120°E   140°E   160°E   180°

20°E   30°E   40°E

10°E

SWEDEN   FINLAND   60°N

NORWAY

North
Sea   DENMARK   Baltic Sea   SOVIET UNION

IRELAND   UNITED
KINGDOM

0   300   600 mi.
0   300   600 km
Azimuthal Equal-Area Projection

NETHERLANDS   EAST
GERMANY   POLAND

BELGIUM   50°N

LUXEMBOURG   WEST
GERMANY   CZECHOSLOVAKIA

FRANCE   LIECHTENSTEIN

SWITZERLAND   AUSTRIA HUNGARY

ATLANTIC
OCEAN   MONACO   ROMANIA   Black
Sea

ANDORRA   SAN
MARINO   YUGOSLAVIA   BULGARIA

PORTUGAL   SPAIN   CORSICA
(Fr.)   ITALY   ALBANIA

VATICAN
CITY   233

BALEARIC IS.
(Sp.)   SARDINIA
(It.)   GREECE   TURKEY

GIBRALTAR
(U.K.)   SICILY
(It.)   CRETE
(Gr.)

Mediterranean Sea   MALTA

MOROCCO   ALGERIA   10°E   20°E   30°E

LOS ESTADOS UNIDOS: *Mapa general*

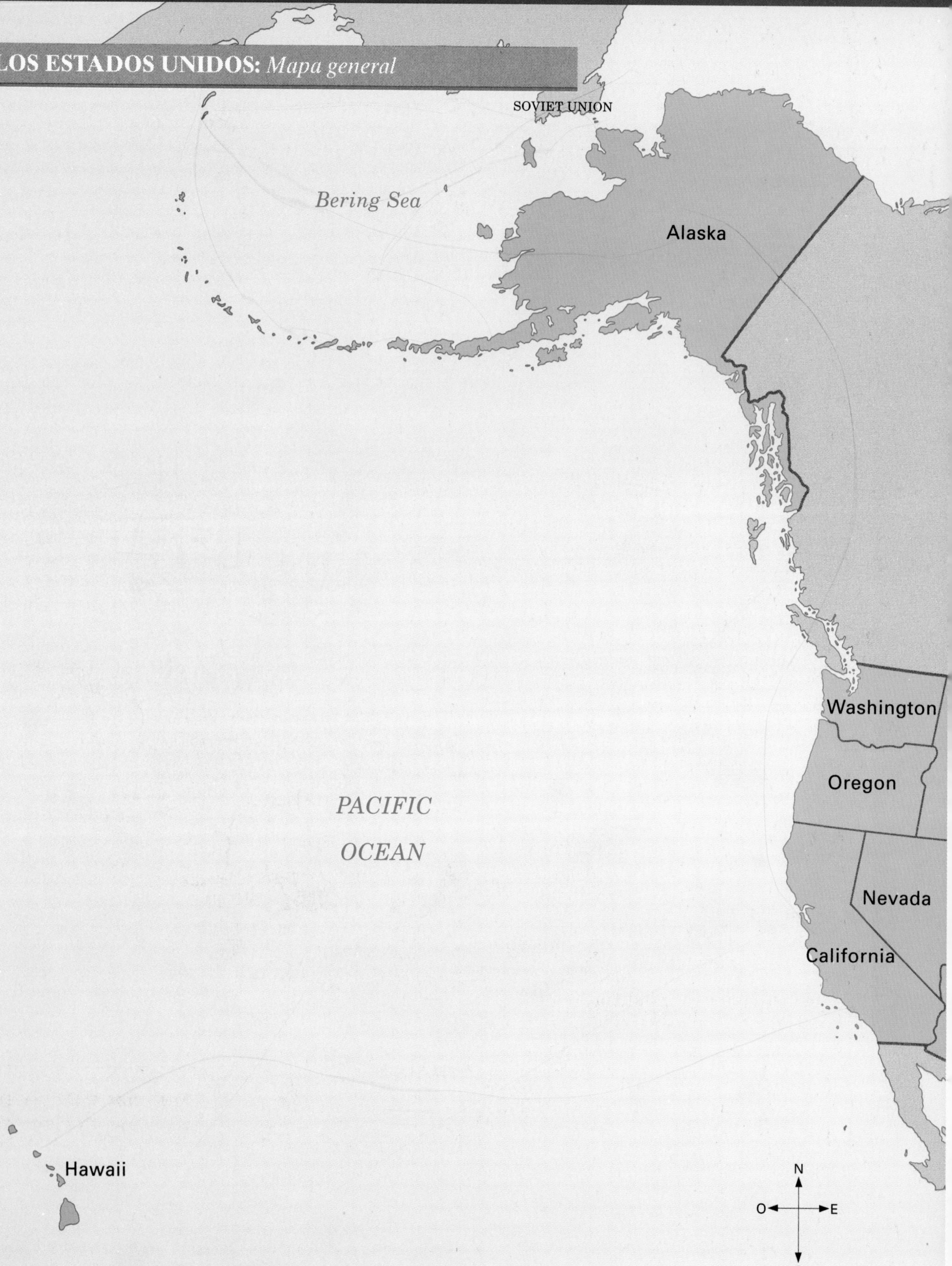

SOVIET UNION
Bering Sea
Alaska
Washington
Oregon
Nevada
California
PACIFIC
OCEAN
Hawaii
N
O
E
S

ARCTIC
OCEAN

GREENLAND

Hudson Bay

CANADA

Great Lakes

Montana

North
Dakota

Minnesota

Wisconsin

Michigan

Maine

Vermont

New
Hampshire

Idaho

South
Dakota

Wyoming

Nebraska

Iowa

New York

Massachusetts

Rhode Island
Connecticut

Pennsylvania

New Jersey

Utah

Colorado

Illinois

Indiana

Ohio

Delaware
Maryland

West
Virginia

Virginia

Kansas

Missouri

Kentucky

ATLANTIC

OCEAN

Arizona

New
Mexico

Oklahoma

Arkansas

Tennessee

North
Carolina

South
Carolina

Texas

Louisiana

Mississippi

Alabama

Georgia

Florida

– Fronteras entre países
– Fronteras entre estados

MEXICO

Gulf of Mexico

BAHAMAS

CUBA

LOS ESTADOS UNIDOS: *Mapa político*

ALASKA

U.S.S.R.

ARCTIC OCEAN

Arctic Circle

Yukon River

Alaska

•Fairbanks

CANADA

•Anchorage

Juneau★

ALEUTIAN ISLANDS

170°E 180° 170°W 160°W 150°W 140°W 130°W

0 300 600 mi.
0 300 600 km

PACIFIC OCEAN

•Seattle
Washington
Olympia★

Columbia River

•Portland
★Salem
Oregon

★Helena •Billings
Montana

Idaho
Boise★

Snake River

•Pocatello

Wyoming

Casper•

Cheyenne•

Nevada

★Carson City

San Francisco•
•Sacramento

★Salt Lake City
•Provo

Utah

Colorado River

Denver★

Colorado

Pueblo•

California

Las Vegas•

•Los Angeles

•San Diego

Arizona

★Phoenix

Tucson•

Santa Fe★
Albuquerque•

New Mexico

MEXICO

ISLAS HAWAII

KAUAI

NIIHAU

OAHU

Honolulu★

MOLOKAI

LANAI

MAUI

KAHOOLAWE

Hawaii

HAWAII

•Hilo

PACIFIC OCEAN

160°W 155°W

0 100 200 mi.
0 100 200 km

⊛	Capital nacional
★	Capital estatal
•	Ciudad importante
—	Frontera nacional
–	Frontera estatal

105°W   100°W   95°W   90°W   85°W   80°W   75°W   70°W   55°N   65°W   60°W

50°N

C A N A D A

North Dakota

Bismarck ★   Fargo •

Minnesota

Lake Superior

Michigan

Lake Huron

Lake Ontario

45°N   **Maine**

Augusta ★

St. Paul •
Minneapolis ★

Wisconsin

Lake Michigan

Lansing •

Lake Erie

Burlington •   **Vermont**
Montpelier •   **New**
              Hampshire   Portland •
                   Concord ★
                   Boston •

Pierre ★

South Dakota

Sioux Falls •

Milwaukee •
Madison ★

Detroit •

Cleveland •

New York

Albany ★
Massachusetts
Hartford ★   Providence •
New Haven •   **Rhode Island**
             Connecticut

40°N

Sioux City

Iowa

Chicago •

Ohio

Columbus ★

Pennsylvania
Harrisburg ★   **New**   New York •
Pittsburgh •   **Jersey**
              Trenton ★
              Philadelphia •

Nebraska

Omaha •

Des Moines •

Illinois   **Indiana**

Wilmington •
Maryland   Dover ★   **Delaware**
Baltimore •
Washington •   Annapolis ★

Platte
Missouri River
Lincoln •

Springfield ★   Indianapolis ★

Ohio River

West
Virginia
Charleston ★

Virginia

Kansas City •

St. Louis •   Louisville •

Frankfort ★

Richmond ★   Norfolk •

35°N

Topeka ★

Kansas   Wichita •

Jefferson City ★

Evansville •

Kentucky

Arkansas River

Missouri

Tennessee

Nashville ★

Raleigh ★

North Carolina

Charlotte •

ATLANTIC

70°W

Tulsa •

Arkansas

Memphis •

Fort Smith •
Little Rock ★

Greenville •

Birmingham •

Atlanta ★

South
Carolina
Columbia ★

Charleston •

OCEAN

Oklahoma
City ★

Oklahoma

Red River

Alabama   **Georgia**

Savannah •

30°N

Dallas •

Jackson ★

Montgomery ★

Texas

Louisiana

Mississippi

Tallahassee ★

Florida
Tampa •

BAHAMAS

25°N

Austin ★

Baton Rouge ★
New Orleans •

N
O   E
S

Houston •

Rio Grande

Gulf of Mexico

Miami •

237

CUBA

0   200   400 mi.
0   200   400 km
Albers Equal-Area Projection

20°N

100°W   95°W   90°W   85°W   80°W   75°W

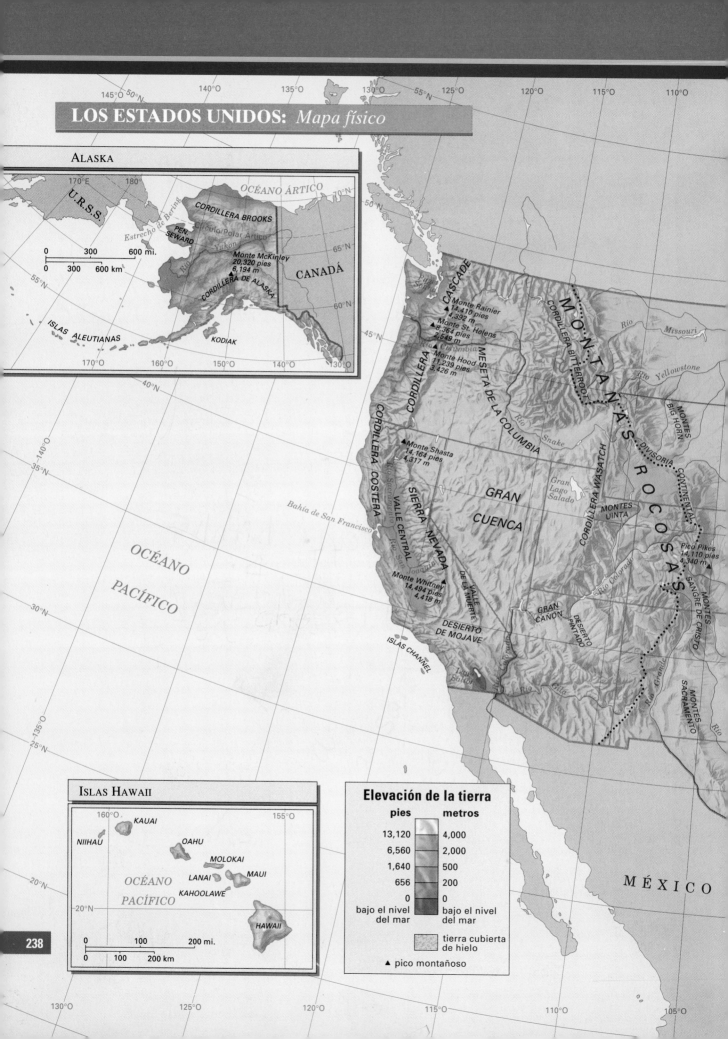

LOS ESTADOS UNIDOS: *Mapa físico*

ALASKA

U.R.S.S.

OCÉANO ÁRTICO

CORDILLERA BROOKS

Estrecho de Bering

PEN. SEWARD

Círculo Polar Ártico

Yukon

Río

Monte McKinley
20,320 pies
6,194 m

CORDILLERA DE ALASKA

CANADÁ

ISLAS ALEUTIANAS

KODIAK

70°N

65°N

60°N

45°N

170°E   180°

170°O   160°O   150°O   140°O   130°O

0   300   600 mi.

0   300   600 km

50°N   55°N

CASCADE

CORDILLERA

Puget Sound

Monte Rainier
14,410 pies
4,392 m

Monte St. Helens
8,364 pies
2,549 m

Monte Hood
11,239 pies
3,426 m

Río Columbia

MESETA DE LA COLUMBIA

CORDILLERA BITTERROOT

M O N T A Ñ A S

Río Snake

Río Missouri

Río Yellowstone

MONTES BIG HORN

DIVISORIA CONTINENTAL

R O C O S A S

Monte Shasta
14,164 pies
4,317 m

CORDILLERA COSTERA

Bahía de San Francisco

SIERRA NEVADA

Río Sacramento

VALLE CENTRAL

Río San Joaquín

GRAN CUENCA

Gran Lago Salado

CORDILLERA WASATCH

MONTES UINTA

Pico Pikes
14,110 pies
4,340 m

MONTES SANGRE DE CRISTO

OCÉANO PACÍFICO

Monte Whitney
14,494 pies
4,418 m

VALLE DE LA MUERTE

DESIERTO DE MOJAVE

GRAN CAÑÓN

DESIERTO PINTADO

Río Colorado

MONTES SACRAMENTO

ISLAS CHANNEL

Lago Salton

Río

Río Gila

Río Grande

MÉXICO

45°N
40°N
35°N
30°N
25°N

145°O   140°O   135°O   130°O   125°O   120°O   115°O   110°O   105°O

ISLAS HAWAII

NIIHAU

KAUAI

OAHU

MOLOKAI

LANAI   MAUI

KAHOOLAWE

OCÉANO PACÍFICO

HAWAII

160°O   155°O

20°N

0   100   200 mi.

0   100   200 km

Elevación de la tierra

pies	metros
13,120	4,000
6,560	2,000
1,640	500
656	200
0	0
bajo el nivel del mar	bajo el nivel del mar

tierra cubierta de hielo

▲ pico montañoso

130°O   125°O   120°O   115°O   110°O   105°O

105°O 100°O 95°O 90°O 85°O 80°O 75°O 70°O 55°N 65°O 60°O

50°N

CANADÁ

Lago
Woods

CORDILLERA
MESABI

Lago Superior

Lago
Huron

Lago
Michigan

Lago Ontario

St. Lawrence

45°N

MONTES
WHITE

▲ Monte Washington
6.288 pies
1.917 m

MONTES
ADIRONDACK

MONTES
CATSKILL

NANTUCKET

ISLA
MARTHA'S
VINEYARD

40°N

LONG
ISLAND

GRANDES

COLINAS
BLACK

BADLANDS

COLINAS SAND

Río Red

Río

Río Mississippi

Río Des Moines

Lago Erie

Wabash

Ohio

MESETA ALLEGHENY

Río

Río Susquehanna

Río Hudson

Río Delaware

Bahía
de Delaware

Bahía
de Chesapeake

35°N

LLANURAS

Río Arkansas

Missouri

Platte

Río

LLANURAS CENTRALES

MESETA
OZARK

MESETA DE CUMBERLAND

Tennessee

MONTES

APALACHES

BLUE RIDGE

MONTES ▲ Monte Mitchell
6.684 pies
2.037 m

LÍNEA DE LA CASCADAS

PLANICIE COSTERA DEL ATLÁNTICO

OCÉANO

ATLÁNTICO

70°O

LLANO
ESTACADO

MONTAÑAS
OUACHITA

Arkansas

Río Red

Río Mississippi

Río Alabama

Río Savannah

Río Altamaha

30°N

MESETA
EDWARDS

Pecos

Colorado

Brazos

Río

Río Sabine

Río Red

Río Pearl

Río Tombigbee

Río Chattahoochee

PLANICIE COSTERA DEL GOLFO

Bahía de
Pensacola

Bahía de Mobile

Bahía
de Galveston

Golfo de México

Bahía
de Tampa

Lago
Okeechobee

LAS BAHAMAS

25°N

EVERGLADES

N

O   E

S

CAYOS DE LA FLORIDA

239

CUBA

0   200   400 mi.

0   200   400 km

Proyección Albers de áreas iguales

20°N

100°O   95°O   90°O   85°O   80°O   75°O

Este diccionario geográfico te ayudará a saber dónde están los lugares que se mencionan en este libro. El número de la página te dice dónde encontrar un mapa en el cual aparece ese lugar.

A

Abilene Pueblo de la llanura en Kansas. Se convirtió en un próspero pueblo ganadero en la década de 1860. (p. 156)

África *(Africa)* Continente que ocupa el segundo lugar en extensión en el mundo. Se encuentra entre el océano Atlántico y el océano Índico. (pp. 232–233)

Alabama Estado del sureste en el golfo de México. Su capital es Montgomery. (pp. 236–237)

Alaska El estado que queda más al norte de todos los Estados Unidos. Su capital es Juneau. (pp. 236–237)

Alemania *(Germany)* País de Europa central. De Alemania llegaron personas que se establecieron en el este de Norteamérica a partir de 1700. (P. 233)

Arizona Estado del suroeste en la frontera con México. Su capital es Phoenix. (pp. 236–237)

Arkansas Estado del sur de la zona central. Su capital es Little Rock. (pp. 236–237)

Asia El continente más extenso del mundo. Lo separan de Europa los montes Urales. (pp. 232–233)

B

Bakersfield Ciudad del sur de la zona central de California, en el extremo sur del valle de San Joaquín. (p. 171)

Boonesboro Colonia pionera de la zona central de Kentucky. Su nombre honra a Daniel Boone. (p. 135)

C

California Estado del oeste en la costa del océano Pacífico. Su capital es Sacramento. (pp. 236–237)

Camino de las Tierras Vírgenes *(Wilderness Road)* Ruta de los pioneros desde Virginia hasta Kentucky a través de las montañas Cumberland. Daniel Boone dirigió el grupo de hombres que abrieron el sendero de esta ruta. (p. 135)

Canadá *(Canada)* País al norte de los Estados Unidos. Su capital es Ottawa. (pp. 232–233)

Colonia de Plymouth *(Plymouth Colony)* La segunda colonia inglesa en Norteamérica. La establecieron los peregrinos en 1620. (p. 117)

Colonia de Virginia *(Virginia Colony)* La primera colonia inglesa en Norteamérica, compuesta de varias poblaciones. (p. 117)

Colorado Estado del oeste. Su capital es Denver. (pp. 236–237)

Connecticut Estado del noreste. Su capital es Hartford. (pp.236–237)

CH

Chicago Ciudad en el noreste de Illinois, a la orilla del lago Michigan. (p. 156)

D

Delaware Estado del este en la costa del océano Atlántico. Su capital es Dover. (pp. 236–237)

Denver Ciudad de la zona central del norte de Colorado. (pp. 236–237)

Desierto de Sonora *(Sonoran Desert)* Desierto del suroeste de los Estados Unidos y del noroeste de México. (p. 52)

Dodge City Ciudad del suroeste de Kansas (p. 158)

E

Escocia *(Scotland)* La parte norte de la isla de Gran Bretaña. De Escocia llegaron personas que se establecieron en la parte este de Norteamérica a partir de 1700. (p. 233)

España *(Spain)* País del suroeste de Europa. De España llegaron personas a Norteamérica para fundar colonias. (p. 233)

Estados Unidos *(United States)* País del centro de Norteamérica. Lo componen 50 estados. Su capital es Washington, D.C. Su abreviatura en español es E.U.A. y su abreviatura en inglés es U.S. o U.S.A.

Europa *(Europe)* Continente que ocupa el penúltimo lugar en extensión en el mundo. Se extiende hacia el oeste desde los montes Urales. (pp. 232–233)

F

Florida Estado del sureste en la costa del océano Atlántico. Su capital es Tallahassee. (pp. 236–237)

Francia *(France)* País del oeste de Europa. De Francia llegaron personas que se establecieron en Norteamérica a comienzos de la década de 1600. (p. 233)

G

Georgia Estado del sureste en la costa del océano Atlántico. Su capital es Atlanta. (pp. 236-237)

Golfo de México *(Gulf of Mexico)* Parte del océano Atlántico que bordea el sur de los Estados Unidos y el este de México.

Gran Cañón *(Grand Canyon)* Cañón del río Colorado en el noroeste de Arizona. Mide 217 millas de largo y de 4 a 18 millas de ancho. (p. 20)

Grandes Lagos *(Great Lakes)* Grupo de cinco lagos que están entre los Estados Unidos y el Canadá, que incluye los lagos Superior, Huron, Erie, Ontario y Michigan. (p. 49)

Guatemala País de Centroamérica. (p. 232)

H

Harrodsburg Uno de dos pueblos pioneros en la zona central de Kentucky (junto con Boonesboro) donde terminaban dos ramales del Camino de las Tierras Vírgenes. (p. 135)

Hawaii Estado y grupo de islas en el océano Pacífico central. Su capital es Honolulu. (pp. 236–237)

I

Idaho Estado del noroeste. Su capital es Boise. (pp. 236–237)

Illinois Estado del norte de la zona central. Su capital es Springfield. (pp. 236–237)

Independence Ciudad del oeste del estado de Missouri. En el tiempo de los pioneros era el punto de partida para los viajeros que iban a los senderos de Oregon y de Santa Fe. (p. 149)

Indiana Estado del norte de la zona central. Su capital es Indianapolis. (pp. 236–237)

Inglaterra *(England)* La parte sur de la isla de Gran Bretaña. De Inglaterra llegaron personas que fundaron muchas colonias en Norteamérica. (p. 117)

Iowa Estado del norte de la zona central. Su capital es Des Moines. (pp. 236–237)

Irlanda *(Ireland)* Pequeño país en las Islas Británicas. Personas que llegaron de Irlanda se establecieron en el este de Norteamérica a partir de 1700. (p. 233)

K

Kansas Estado central. Su capital es Topeka. (pp. 236–237)

Kentucky Estado del sureste. Su capital es Frankfort. (pp. 236–237)

Kilauea Uno de dos volcanes en el Parque Nacional de Volcanes de Hawaii. (p. 201)

L

Lago Ontario *(Lake Ontario)* Uno de los cinco grandes lagos entre los Estados Unidos y el Canadá. (p. 49)

Leadville Pueblo de la zona central de Colorado. Tuvo un período de mucha prosperidad debido a las minas de plata que se descubrieron en la década de 1870.

Los Ángeles *(Los Angeles)* Ciudad del sur de California en la costa del océano Pacífico. En el tiempo de los pioneros era el final del sendero de Santa Fe. (pp. 236–237)

Louisiana Estado del sureste en la costa del golfo de México. Su capital es Baton Rouge. (pp. 236–237)

M

Maine Estado del noreste en la costa del océano Atlántico. Su capital es Augusta. (pp. 236–237)

Maryland Estado del este en la costa del océano Atlántico. Su capital es Annapolis. (pp. 236–237)

Massachusetts Estado del noreste en la costa del océano Atlántico. Su capital es Boston. (pp. 236–237)

Mauna Loa Uno de dos volcanes en el Parque Nacional de Volcanes de Hawaii. (p. 201)

México *(Mexico)* País que está justo al sur de los Estados Unidos. Su capital es la Ciudad de México. (p. 21)

Michigan Estado del norte de la zona central. Su capital es Lansing. (pp. 236–237)

Minnesota Estado del norte de la zona central. Su capital es St. Paul. (pp. 236–237)

Mississippi Estado del sur en la costa del golfo de México. Su capital es Jackson. (pp.236–237)

Missouri Estado central. Su capital es Jefferson City. (pp. 236–237)

Montana Estado del noroeste. Su capital es Helena. (pp. 236–237)

Montañas Rocosas *(Rocky Mountains)* La cadena más larga de Norteamérica. Se extiende por más de 3,000 millas desde el norte de Alaska hasta el norte de New Mexico. (pp. 238–239)

Montañas Teton *(Teton Mountains)* Cadena de montañas que forma parte de las montañas Rocosas en el noroeste de Wyoming y en el suroeste de Idaho. Grand Teton es el pico más alto de la cadena. (pp. 238–239)

Monte McKinley *(Mount McKinley)* Montaña del sur de Alaska central. Es el pico más alto de Norteamérica y alcanza 20,320 pies de altura. (pp. 238–239)

Montes Apalaches *(Appalachian Mountains)* Cadena de montañas del este de Norteamérica. Se extiende unas 1,600 millas desde el sur del Canadá hasta Alabama. (p. 122)

N

Nebraska Estado del norte de la zona central en las Grandes Llanuras. Su capital es Lincoln. (pp. 236–237)

Nevada Estado del oeste. Su capital es Carson City. (pp. 236–237)

New Hampshire Estado del noreste en la costa del océano Atlántico. Su capital es Concord. (pp. 236–237)

New Jersey Estado del noreste en la costa del océano Atlántico. Su capital es Trenton. (pp. 236–237)

New Mexico Estado del suroeste en la frontera con México. Su capital es Santa Fe. (pp. 236–237)

New York Estado del noreste. Su capital es Albany. (pp. 236–237)

New York City Ciudad del estado de New York en la desembocadura del río Hudson. Es la ciudad más grande de los Estados Unidos. (p. 122)

Norteamérica *(North America)* Continente que ocupa el tercer lugar en extensión en el mundo. Incluye los Estados Unidos, el Canadá, México y los países de Centroamérica. (pp. 232–233)

North Carolina Estado del sureste en la costa del océano Atlántico. Su capital es Raleigh. (pp. 236–237)

North Dakota Estado del norte de la zona central. Su capital es Bismarck. (pp. 236–237)

O

Océano Atlántico *(Atlantic Ocean)* Océano que ocupa el segundo lugar en extensión en el mundo. Bordea la costa este de los Estados Unidos. (p. 5)

Océano Pacífico *(Pacific Ocean)* La extensión de agua más grande del mundo. Bordea la costa oeste de los Estados Unidos. (p. 5)

Ohio Estado del norte de la zona central. Su capital es Columbus. (pp. 236–237)

Oklahoma Estado del suroeste. Su capital es Oklahoma City. (pp. 236–237)

Oregon Estado del noroeste, en la costa del Pacífico. Su capital es Salem. (pp. 236–237)

P

Parque Nacional de Yellowstone *(Yellowstone National Park)* El parque nacional más antiguo y más grande. La mayor parte del parque está en el noroeste de Wyoming. Es famoso por sus aguas termales. (p. 200)

Paso de Cumberland *(Cumberland Gap)* Paso a través de los montes Apalaches donde se unen Kentucky, Virginia y Tennessee. (p. 135)

Pennsylvania Estado del noreste. Su capital es Harrisburg. (pp. 236–237)

Philadelphia Ciudad del sureste de Pennsylvania sobre el río Delaware. (p. 122)

Pittsburgh Ciudad del suroeste de Pennsylvania donde se unen los ríos Allegheny y Monongahela para formar el río Ohio. (p. 179)

Plymouth Pueblo y puerto natural en el este de Massachusetts. (p. 117)

Polo Norte *(North Pole)* El punto que queda en el extremo norte del mundo. (p. 159)

Polo Sur *(South Pole)* El punto que queda en el extremo sur del mundo. (p. 159)

R

Rhode Island Estado del noreste en la costa del océano Atlántico. Su capital es Providence. (pp. 236–237)

Río Allegheny *(Allegheny River)* Río del este de los Estados Unidos. Se une al río Monongahela en Pittsburgh para formar el río Ohio. (p. 179)

Río Colorado *(Colorado River)* Río del suroeste de los Estados Unidos. Nace en las montañas de Colorado y desemboca en el golfo de California. (p. 21)

Río Holston *(Holston River)* Río del noreste de Tennessee y el suroeste de Virginia. Era donde comenzaba el Camino de las Tierras Vírgenes. (p. 135)

Río Hudson *(Hudson River)* Río de New York. Nace en las montañas del norte de New York y desemboca en el océano Atlántico, en la ciudad de New York. (p. 19)

Río Mississippi *(Mississippi River)* Uno de los ríos más largos de los Estados Unidos. Nace en el norte de Minnesota y desemboca en el golfo de México cerca de New Orleans. (p. 49)

Rio Missouri Uno de los ríos más largos de los Estados Unidos. Empieza en la parte oeste de Montana y desemboca en el río Mississippi, cerca de St. Louis. (pp. 236–237)

Río Monongahela *(Monongahela River)* Río del este de los Estados Unidos. Se une al río Allegheny en Pittsburgh para formar el río Ohio. (p. 179)

Río Ohio *(Ohio River)* Río que nace en Pennsylvania donde se unen los ríos Allegheny y Monongahela. Desemboca en el río Mississippi en Illinois. (p. 179)

Río Platte *(Platte River)* El río más importante de Nebraska. Sus dos fuentes están en las montañas de Colorado. (pp. 236–237)

S

San Antonio Ciudad del sur de Texas. Durante la década de 1860 fue el comienzo del sendero de Chisholm. (p. 156)

Santa Fe Ciudad del norte de New Mexico central. En el tiempo de los pioneros era un punto importante en el sendero de Santa Fe. (p.149)

Sendero de California *(California Trail)* Ramal del sur del sendero de Oregon. Lo usaban los pioneros que viajaban a California. (p. 149)

Sendero de Chisholm *(Chisholm Trail)* La ruta principal que seguían los vaqueros con su ganado para salir de Texas. Se extendía desde San Antonio, Texas, hasta Abilene, Kansas. (p. 156)

Sendero de Oregon *(Oregon Trail)* Ruta de los pioneros desde Independence, Missouri, hacia el oeste. (p. 149)

Sendero de Santa Fe *(Santa Fe Trail)* Ruta de los pioneros desde Independence, Missouri, hasta Santa Fe, New Mexico. Más tarde se extendió hasta Los Ángeles, California. (p. 149)

South Carolina Estado del sureste en la costa del océano Atlántico. Su capital es Columbia. (pp. 236–237)

South Dakota Estado del norte de la zona central. Su capital es Pierre. (pp. 236–237)

St. Louis Ciudad del este de Missouri sobre el río Mississippi. (pp. 236–237)

Suramérica *(South America)* Continente que ocupa el cuarto lugar en extensión en el mundo. Se encuentra entre el océano Atlántico y el océano Pacífico. (pp. 232–233)

T

Tennessee Estado del sureste. Su capital es Nashville. (pp. 236–237)

Texas Estado al sur de la zona central en el golfo de México. Su capital es Austin. (pp. 236–237)

U

Utah Estado del oeste. Su capital es Salt Lake City. (pp. 236–237)

V

Valle de San Joaquín *(San Joaquin Valley)* Zona agrícola muy productiva en California central. El río San Joaquín atraviesa esta tierra. (p. 171)

Vermont Estado del noreste. Su capital es Montpelier. (pp. 236–237)

Virginia Estado del sureste en la costa del océano Atlántico. Su capital es Richmond. (pp. 236–237)

W

Washington Estado del noroeste en la costa del océano Pacífico. Su capital es Olympia. (pp. 236–237)

Washington, D.C. Ciudad del este, junto al río Potomac. Es la capital de los Estados Unidos. (pp. 236–237)

West Virginia Estado del este central. Su capital es Charleston. (pp. 236–237)

Wichita Ciudad en el sur de la zona central de Kansas. (p. 158)

Wisconsin Estado del norte de la zona central. Su capital es Madison. (pp. 236–237)

Wyoming Estado del oeste. Su capital es Cheyenne. (pp. 236–237)

montaña
masa de tierra escarpada, mucho más elevada que el terreno que la rodea

océano
extensión de agua salada que cubre gran parte del mundo (también, **mar**)

límite forestal
en una montaña, la zona más arriba de la cual no crecen árboles

cordillera
hilera de montañas

valle
tierras bajas entre colinas o montañas

tierras altas
terrenos más elevados que la mayor parte del terreno a su alrededor

bosque
superficie grande de tierra donde crecen muchos árboles

colina
una parte elevada de la tierra, más baja que una montaña

pradera
zona de hierba, extensa, plana y sin árboles

desierto
zona seca donde crecen pocas plantas

llanura
terreno ancho y plano

puerto natural
superficie de agua protegida
donde los barcos pueden
estar seguros

nivel del mar
altura a la que está la
superficie del océano

costa
la tierra junto
al océano

bahía
parte de un lago o de un océano
que se extiende tierra adentro

río
gran corriente de agua que
desemboca en un lago, en
un océano o en otro río

isla
extensión de tierra
rodeada de agua

orilla
la tierra al borde de un lago,
de un océano o de un mar

tierras bajas
tierra que está menos elevada
que la mayor parte de la tierra
a su alrededor

lago
masa grande de agua
rodeada de tierra

245

A

accidente geográfico Parte natural de la superficie de la Tierra. (p. 45)

adaptación Cambio en la manera de vivir de las personas, los animales o las plantas para ajustarse al ambiente en el que viven. (p. 101)

agricultura Arte de cultivar la tierra, producir cosechas y criar ganado. (p. 171)

auge Período de mucha prosperidad económica. (p. 162)

B

bosque Gran extensión de terreno que está cubierta de árboles y otras plantas. (p. 28)

C

cántico Canción que se canta con la misma nota o con pocas notas, casi siempre como una forma de rezar. (p. 103)

caravana de carretas Fila de carretas tiradas por bueyes, mulas o caballos, que se usaba para trasladar personas y mercancías a través del país. (p. 149)

carga Materiales transportados por tren, barco, camión o avión. (p. 183)

casa comunal Casa de hasta 60 pies de largo que usaban los indígenas del este y del oeste de Norteamérica. Se construía con troncos partidos en tablas delgadas. (p. 67)

cedro Tipo de árbol que siempre tiene hojas, cuya madera es rojiza. (p. 66)

ceremonia Acto que se realiza para celebrar un hecho importante. Durante una ceremonia se puede cantar, bailar, contar historias o hacer discursos. (p. 72)

centro de comercio Pueblo o ciudad donde las personas se dedican a la compra y venta de mercancías o servicios. (p. 156)

clima Tiempo usual de un lugar; lo determina la cantidad de nieve o lluvia, que cae, el viento y el grado de calor o frío que hace durante un largo período de tiempo. (p. 54)

colonia Lugar poblado por personas de un país lejano y gobernado desde ese país. (p. 117)

comercio El negocio de compra y venta de mercancías. (p. 184)

conservación La protección o buen uso de cosas de la naturaleza que les son útiles a los seres humanos. (p. 199)

contaminación Material dañino que ensucia el aire, el agua o la tierra. (p. 205)

costa La tierra que bordea un océano. (p. 5)

D

depredador Animal que caza otros animales para su alimentación. (p. 35)

desbrozar Buscar y limpiar un camino para que otras personas puedan utilizarlo. (p. 136)

descomponerse Podrirse o deshacerse lentamente. (p. 209)

desechos Materiales que ya no son útiles y que tiramos. (p. 205)

desierto Región seca y arenosa en la que cae poca lluvia. (p. 51)

día festivo Día dedicado por el gobierno nacional para honrar a un país y sus ciudadanos. (p. 221)

E

erosión Desgaste lento de la tierra. (p. 5)

F

fábrica de acero Lugar donde se produce o se hace el acero. (p. 179)

fertilizante Sustancias químicas que se le echan al suelo para que las plantas crezcan rápidamente y sanas. (p. 172)

G

ganado Animales, como ovejas o caballos, que se crían para usarlos o venderlos. (p. 100)

H

hogan (jo-gan) Vivienda de una sola habitación de los indios navajos, hecha de troncos cubiertos con barro. El barro mantenía fresco los hogans durante el verano y calientes durante el invierno. (p. 99)

humus Materia color café o negra que se encuentra en el suelo, formada por plantas y animales en estado de descomposición. (p. 30)

I

industria Empresa que fabrica cosas para vender o que provee servicios. (p. 179)

inundación Desbordamiento de un río que cubre tierra que normalmente está seca. (p. 23)

L

lago Masa grande de agua rodeada de tierra. (p. 19)

libertad Estar libre de la dirección de otros. (p. 226)

límite forestal El punto de una montaña más arriba del cual no crecen los árboles. (p. 45)

M

mantillo La capa de arriba de la tierra, generalmente más oscura y más fértil que la tierra de abajo. (p. 199)

medio ambiente Todo lo que rodea a los animales, las personas y las plantas. (p. 203)

mercancías Las cosas que se compran y venden. (p. 122)

mineral Material natural, como el oro o el hierro, que se encuentra en la tierra. (p. 161)

mito Historia que explica algo de la naturaleza o las creencias que comparten un grupo de personas. (p. 87)

montaña Parte del terreno con lados inclinados y un pico redondeado o en forma de punta, que es mucho más alta que la tierra que la rodea. (p.45)

monumento Estatua o edificio que se construye en honor a una persona o un hecho. (p. 226)

O

océano Gran extensión de agua salada. Los océanos cubren gran parte de la superficie de la Tierra. Los tres océanos más grandes del mundo son el Pacífico, el Atlántico y el Índico. El Pacífico es el más grande de los tres. (p. 5)

P

paso Pasaje angosto en un punto bajo entre dos picos de montaña. (p. 148)

pintura de arena Diseño hecho por los navajos con pedacitos de roca triturada, plantas y otros materiales secos. Una pintura de arena cuenta una historia sobre la naturaleza y los espíritus. (p. 104)

pionero Persona que es la primera en habitar una tierra virgen, abriendo paso para que otros sigan. (p. 135)

población El número de personas que vive en un lugar. (p. 155)

pradera Zona grande, plana o con colinas, cubierta de hierba. (p. 34)

R

reciclaje El acto de procesar la basura para que se pueda usar de nuevo. (p. 209)

recurso natural Cualquier cosa que se encuentre en la naturaleza y que las personas puedan usar. (p. 81)

riego Llevar agua a tierra seca por medio de zanjas, canales o cañerías. (p. 172)

río Gran corriente de agua que desemboca en un océano, en un lago o en otra corriente de agua. (p. 18)

S

salmón Tipo de pez que casi siempre vive en agua salada pero nada río arriba para poner sus huevos. (p. 65)

servicios Empresas que hacen trabajos para las personas o les prestan ayuda. (p. 181)

símbolo Algo que representa otra cosa. (p. 88)

sobrevivir Mantenerse con vida. (p. 117)

T

temperatura El grado de frío o de calor de algo. (p. 45)

tierra adentro En dirección contraria a la costa. (p. 121)

tierra virgen Tierra que no ha cambiado por causa de los habitantes o de sus actividades. (p. 122)

tipi Tienda cónica hecha de piel o de corteza que usan algunos indígenas de Norteamérica. (p. 81)

tótem Poste que los indios de la costa del noroeste decoraban con figuras talladas y que pueden mostrar la historia de una familia. (p.71)

transporte Sistema o manera de trasladar pasajeros o cosas que se compran y se venden. (p. 184)

U

ubicación
El lugar donde está algo o donde se puede encontrar. (p. 179)

V

veta Franja o vena larga de mineral que se encuentra en la roca. (p. 160)

Text *(continued from page iv)*

from *The Native Americans: Navajos* by Richard Erdoes. **138–45 (xvi–xvii)** Chapters 1 and 2 from *Wagon Wheels* by Barbara Brenner, illustrated by Don Bolognese. Text Copyright © 1978 by Barbara Brenner. Illustrations Copyright © 1978 by Don Bolognese. Translated and reprinted by permission of *HarperCollins*Publishers. **154** "The Old Chisolm Trail", Copyright © 1939 by Kansas State Historical Society. Reprinted by permission of Kansas State Historical Society. **182** "Travel" by Edna St. Vincent Millay. From *Collected Poems,* Harper & Row. Copyright 1921, 1948 by Edna St. Vincent Millay. Translated and reprinted by permission of Elizabeth Barnett, Literary Executor for the Estate of Edna St. Vincent Millay. **192–97** (text) *Once There Was a Tree* by Natalia Romanova, adapted by Anne Schwarz, pictures by Gennady Spirin. Translated and reprinted by permission of VAAP. **218** From "Johnny Appleseed" from *A Book of Americans,* Rosemary and Stephen Vincent Benet. Copyright 1933 by Rosemary & Stephen Vincent Benet. Copyright renewed © 1961 by Rosemary Carr Benet. Reprinted by permission of Brandt & Brandt Literary Agents, Inc.

Illustrations

Literature border design by Peggy Skycraft.

Ligature 35, 37. **Brian Battles** 68, 69, 107. **Howard Berelson** 53, 74, 150, 222. **Chris Bjornberg, Photo Researchers** 2–3, 26, 42. **Jeanni Brunnick** 82, 83. **Randy Chewning** 45, 47, 119. **Susan David** 6, 22. **Roger Dondis** 105, 106(r). **Ebet Dudley** 48. **Randall Fleck** 70, 98, 106(l). **Mark Langeneckert** 32, 56, 85. **Joe LeMonnier** 5, 109. **Al Lorenz** 67, 124. **Laura Lydecker** 36. **Kathy Mitchell** 89, 101, 181. **James Needham** 29, 202. **Ed Parker** 9, 120, 126–127, 172, 225. **Judy Reed** 157. **Gary Toressi** 244, 245. **Cindy Wrobel** 186, 187, 191, 206–7, 210. **Oliver Yourke** 185. **Other: 104** Source of painting: *Navajo Sandpainting Art* by Eugene Baatsoslanii Joe and Mark Bahti, Copyright © 1978, Treasure Chest Publications.

Maps

Ligature 59, 111, 165. **R. R. Donnelley & Sons Company Cartographic Services** Back Cover, 232–33, 234–35, 236–37, 238–39. **JAK Graphics** 19, 21, 35, 49, 52, 81, 100, 117, 122, 131, 135, 149, 156, 158, 159, 161, 171, 179, 199, 200.

Photographs

GH—Grant Heilman Photography; LC—Library of Congress; MA—Museum of the American Indian; NYPL—New York Public Library; PH—Photographic Resources, Inc.; PR—Photo Researchers, Inc.; RBC—Royal British Columbia Museum, Victoria, BC, Canada; RR—Root Resources; SK—Stephen Kennedy; TBM—The Thomas Burke Memorial Washington State Museum; TIB—The Image Bank; TS—Tom Stack & Associates; TSW—TSW-Click/Chicago Ltd.

Front cover Peter Bosey, **xviii–1** © David Muench. **2** © Jeff Apoian, Nawrocki Stock Photo (tl,br); © Geraldo Corsi, TS (c). **3** © Grant Heilman, GH. **4** SK (t,bl,br); © Lawrence Migdale, PR (b). **5** © Brian Parker, TS (t); © Four By Five, Inc. (l); © Eric Simmons, Stock Boston (cr). **8–9** SK. **18** © L. L. T. Rhodes, TSW (tr); © Frank Oberle, PH (c). **19** © Jim Appleyard. **20** © Fred McConnaughey, PR (tl); © Alain Thomas, PR (b). **20–21** SK. **21** Smithsonian Institution (tl); Dennis Hamm, National Park Service (br). **22** © Thomas G. Rampton, GH. **23** © Steve Proehl, TIB. **25** Thomas G. Rampton, GH (t); Steve Proehl, TIB (b). **26** © Ruth Dixon (tl); © Diana L. Stratton, TS (c). **26–27** © Grant Heilman, GH. **27** © Hugh Spencer, PR (tr); © Bob McKeever, TS (br). **28** © Steve Maslowski, PR (t); © Tom Mareschal, TIB (b). **30** SK (tl,tr,bl,br); © John Kaprielian, PR (tc). **31** SK (tl,cr); © Steve Maslowski, PR (tc); © Jeff Lapore, PR (c). **33** The Thomas Gilcrease Institute of American History and Art, Tulsa, OK (l); SK (r). **34** Grant Heilman, GH. **35** © Diana L. Stratton, TS. **36** SK; © Rod Planck, PR (l); © Leonard Lee Rue III, PR (r). **37** © Brian Parker, TS (l); © Larry P. Brock, TS (r). **38** SK. **39** SK. **42** © J. H. Robinson, PR

(r); ©Joe McDonald, TS (b). **42–43** © Bob Firth. **43** © Kenneth W. Fink, RR. **44** © David Stoecklein, The Stock Market (tr); SK (r); © Don Murie, Meyers Photo-Art (b). **46** © Gary Brettnacher, TSW (t); © Leonard Lee Rue III, TSW (b). **50** © Frank Oberle, PH (t); © Frank Siteman, PH (b). **51** © G. C. Kelley, PR. **52** © Grant Heilman, GH. **54** © Milton Rand, TS (t); © Stephen Krasemann, PR (b). **55** SK (tl); © John Cancalosi, TS (tr); © Bob McKeever, TS(b). **56–57** SK. **60–61** © Werner Forman Archive/Private Collection, NY. **62** © Chris Speedie, Image Finders (l); RBC (r). **62–63** Edward Curtis, LC. **63** Eduardo Calderon, TBM. **64** RBC (l); Edward Curtis, University of Washington Libraries (detail) (r). **65** © Werner Forman Archive. **66** Eduardo Calderon, TBM (t); TBM (b). **71** LC (bl); © Dan Fivehouse, Image Finders (br). **72** TBM (bl); LC (br). **73** © Werner Forman Archive/Provincial Museum, Victoria, BC, Canada (t); H. I. Smith, American Museum of Natural History (b). **75** TBM. **78** © Brian Parker, TS (l); Philbrook Museum of Art, University of Tulsa Collection (r). **79** © Paul Conklin (t); Smithsonian Institution (b). **80** © Native American Images. **81** Museum of the Great Plains. **82** © Brian Parker, TS. **82–83** SK. **83** MA (c). **84** Smithsonian Institution. **86** Field Museum of Natural History. **87** USDA-NFS. **88** MA (l); Field Museum of Natural History (c). **90** Mesa Verde National Park (l); PR (b). **91** SK (r): NYPL; The Denver Art Museum; Peter Kaplan; Philadelphia Museum of Art; Georgia Historical Society; MA; Reader's Digest; SK (b): Holmes & Meier Publishers; MA. **94** © Mark Bahti (l); © Lois Moulton, TSW (c). **94–95** © Marcia Keegan. **95** Philbrook Art Center, Tulsa, OK (b). **98** © Craig Aurness, West Light. **99** SK (t,b); © Roger Wolken, TSW (cr). **102** Grant Heilman, GH. **103** © Terry Eiler, Stock Boston. **104** © Mark Bahti. **105** © Terry Eiler, Stock Boston. **107** SK. **112–13** Nebraska State Historical Society. **114** © UPI/ Bettman Newsphoto. **114–15** Malcolm Varon, Metropolitan Life. **115** © Jeff Apoian, PR (tr); New York State Historical Assn. (br). **116** NYPL (t); Plymouth, Pilgrim Society (b). **118** © UPI/Bettman Newsphoto. **121** SK. **123** © North Wind Picture Archives. **125** NYPL (t); The Farmer's Museum, NY (r). **126** SK. **128** SK, St. Louis Public Library (l); Missouri Historical Society (b). **129** SK, Jane Knirr Archive. **132** © Esto Photographics (l); Private Collection (c); **132–33** The Kansas State Historical Society, Topeka; © Time-Life, Henry Beville, Anne and Madison Grant. **134** © David Muench. **135** © David Muench. **136** © William Strode. **137** Joshua Shaw, Museum of Science and Industry, Chicago. **146** © L. E. Schaefer, RR. **147** The Granger Collection,NY. **148** Elmer Fryer, Kathy Spangler Archive. **151** Denver Public Library (t); from *The Old West: The Pioneers,* Harald Sund © 1974 Time-Life Books, Inc. (b). **152** USDA (t); © Mary Root, RR. **153** National Archives. **154** © William Loren Katz Collection. **155** NYPL. **160** © North Wind Picture Archives. **161** LC. **162** Yale University Art Gallery (l); W. H. Jackson, Culver Pictures, Inc. (b). **163** © Jack Parsons, The Stock Broker. **166–67** © 1987 Kinuko Y. Craft. **168** © Tony Schanuel, PH (l); Greater Pittsburgh Office of Promotion (r); **168–69** © Grant Heilman, GH. **169** © John Livzey. **170** SK(t,l); © GH (b); **173** SK (t); © Grant Heilman, GH (b). **174** © Lee Balterman, Gartman Agency. **174–75** SK. **175** © William J. Kennedy, TIB (t); © Hans Wendler, TIB (c); © Michael Melford, TIB (b). **176** © Simon Wilkinson, TIB. **178** © Collection of the Equitable Life Assurance Society of the United States. **180** © Detroit Publishing Co., LC. (tr); © Robert Colton, Black Star (bl). **182** © Bob Taylor, FPG International. **183** Coverdale & Colpitts (tl); LC (br). **184** © Dave Gleiter, FPG International. **185** SK(t); © Tom Tracy, FPG International (br). **186** © Chuck O'Rear, West Light. **190** © Dennis Stock, Magnum Photos (l); © Alvis Upitis, TIB (c); **190–91** USDA-NPS. **198** D. L. Kernodle for FSA, LC. **200** © Spencer Swanger, TS. **201** © John Buitenkant, PR (t); © Greg Vaughn, TS (b). **203** USDA-FS Bauermeister (l); USDA-FS Frank Erickson (r). **204** © Mike Mathers, Black Star. **205** © Mike Andrews, Animals, Animals/Earth Scenes (l); © Roger J. Cheng (tr). **208** © Dennis Capolongo, Black Star. **209** Rick Benkof. **211** SK. **212** SK. **213** © John Fong. **215** SK. **216** © Brent Jones. **216–17** © Raphael Macia, PR (b); © John G. Herron, Stock Boston (t); **217** © Grant Spencer, PR. **218** SK. **219** The Granger Collection, NY. (tl); SK (tr); © John Lei, Stock Boston (b). **220** Grant Wood, © Associated American Artists, NY. **223** © COMSTOCK. **226** © Minardi, Uniphoto Picture Agency. **227** © T. Kitchin, TS (t); SK, U. S. Postal Service (cl); © Pentagram (br); **227–28** SK, U. S. Postal Service. **230** Grant Wood, © Associated American Artists, NY.

Picture research assistance by Carousel Research, Inc. and Meyers Photo-Art.